O último sábado de julho amanhece quieto

Silvana Tavano

O último sábado de julho amanhece quieto

autêntica contemporânea

EDITORA RESPONSÁVEL
Ana Elisa Ribeiro

EDITORA ASSISTENTE
Rafaela Lamas

PREPARAÇÃO DE TEXTO
Sérgio Karam
Sonia Junqueira

REVISÃO
Marina Guedes

CAPA
Bloco Gráfico

IMAGEM DE CAPA
Detalhe da obra de Mariana Serri. Da Série *Chão (Fossa das Marianas - Profundidade e superfície)*, 2020-2021. Óleo e cera sobre tela. 150x70 cm.

DIAGRAMAÇÃO
Guilherme Fagundes

Dados Internacionais de Catalogação na Publicação (CIP)
(Câmara Brasileira do Livro, SP, Brasil)

Tavano, Silvana

O último sábado de julho amanhece quieto / Silvana Tavano. -- Belo Horizonte, MG : Autêntica Contemporânea, 2022.

ISBN 978-65-5928-193-0

1. Ficção brasileira I. Título.

22-116576 CDD-B869.3

Índices para catálogo sistemático:
1. Ficção : Literatura brasileira B869.3

Eliete Marques da Silva - Bibliotecária - CRB-8/9380

A **AUTÊNTICA CONTEMPORÂNEA** É UMA EDITORA DO **GRUPO AUTÊNTICA** 

Belo Horizonte
Rua Carlos Turner, 420
Silveira . 31140-520
Belo Horizonte . MG
Tel.: (55 31) 3465 4500

São Paulo
Av. Paulista, 2.073 . Conjunto Nacional
Horsa I . Sala 309 . Cerqueira César
01311-940 . São Paulo . SP
Tel.: (55 11) 3034 4468

www.grupoautentica.com.br
SAC: atendimentoleitor@grupoautentica.com.br

Para meus pais, que,
sem saber, me ensinaram.

explicar con palabras de este mundo
que partió de mí un barco llevándome
Alejandra Pizarnik

7ª semana

Recém-nascido, o sol acende a janela e abre os olhos de Beatriz. O último sábado de julho amanhece quieto, são 6h40, ela está sozinha na cama de casal. Minutos depois se perguntará: aonde ele foi? Mas antes de chamar por ele, antes de pegar o celular para ver as horas, antes de sentir o lençol incômodo sobre o corpo quente, antes de tudo, grávida, ela sussurra, e a lembrança a desperta com a mesma alegria da descoberta.

Era assim quando, menina, acordava num susto com a memória trazendo o futuro prestes a acontecer, excitada com a pequena aventura de uma noite na casa da amiga de escola, o primeiro dia de férias, a promessa de uma viagem tão esperada quanto a deste fim de semana que ainda nem começou. Agora, como antes, jatos de adrenalina aceleram os batimentos do tempo que está por vir; se imagina dizendo: vamos ter um bebê, e diria neste instante se ele entrasse no quarto. Mas o instante passa. Então volta a sonhar com a praia, dois dias inteiros para esse momento único. Inventa cenas, adivinha reações, ensaia surpresas.

De olhos fechados, as mãos sobre a barriga, sente no rosto o calor da palavra grávida dentro dela e só então: aonde ele foi?

18ª semana

A porta do elevador se fecha atrás dela com um rangido seco. Na parede, a placa indica a direção das salas, ímpares à esquerda, ela para, confusa, abre a bolsa, procura mais uma vez o papel com o endereço e o número que tinha acabado de dizer na recepção, 915?, a dúvida na voz do porteiro, e ela de repente também em dúvida, até a última hora, e ainda se perguntando se deveria estar ali. Não tem certeza de nada, mas responde às perguntas do homem, RG, por favor, e já com o interfone na mão, seu nome?, Beatriz, ela se ouve dizendo quase ao mesmo tempo em que ele repete, Beatriz, para alguém que escuta do outro lado da linha, estendendo um crachá com a outra mão, pode subir, nono andar.

Não teria vindo se Alice não tivesse insistido tanto, marca uma consulta, é só uma conversa, e agora ele está à sua espera, vamos lá, ela se ordena, avançando devagar pelo corredor até parar em frente à porta do conjunto 915, a mão indecisa entre a alça da bolsa e a campainha eletrônica. Você tem que se ajudar, e, como que empurrada pela voz da amiga, pressiona o botão. O ruído metálico destranca a porta, os olhos de Beatriz entram numa sala pequena, não há ninguém, só vestígios de um corpo nas almofadas amassadas do sofá. Dá um passo, fecha a porta, ainda em pé nota o abajur grande demais para a mesa que parece espremida no canto. No aparador, encostado na parede oposta, uma jarra com água, quatro copos coloridos, cápsulas de café dentro de um pote transparente, envelopes de açúcar e adoçante enfileirados num porta-sachês, duas xícaras brancas, intactas, e uma pequena cafeteira, desligada. Não há janelas, só uma porta, fechada, à esquerda do sofá; antes de sentar, pega o copo vermelho, serve água até a borda, deslizando os dedos pelo relevo do cristal, os olhos mergulhados na transparência cor de sangue. Bebe de uma vez, põe o copo de volta quase no mesmo lugar, se acomoda no sofá. Os olhos agora percorrem as curvas de uma montanha emoldurada na parede em frente, mas logo se perdem nos traços incertos do grafite. Nos últimos dois meses, nada prende a atenção de Beatriz por muito tempo, e ela tem certeza de que é melhor assim, que tudo siga disperso, sem peso ou substância, flutuando pela superfície de todas as coisas. Imagina a outra sala, possivelmente maior, o mesmo taco de madeira escura avançando pelo chão, paredes brancas com gravuras decorativas, talvez algum tipo de bambu plantado num vaso árido. Mas assim que a porta se abre, Beatriz vê um sorriso e é nele que se fixa para erguer o corpo do sofá.

O psiquiatra estende a mão, indica a poltrona no fundo da sala e vai até a janela que ocupa quase toda a parede lateral. Ela repara no vaso, aprova o arranjo de cactos grandes, melhor que um bambu qualquer, pensa, enquanto ele regula os cordões da persiana, cortando a luz em lâminas que redesenham o tapete. O sol está incomodando?, e ela faz um gesto mínimo com a cabeça dizendo não. Poderia ter dito: nada me incomoda de verdade, nem mesmo estar aqui só por causa da insistência da Alice, e, como se ouvisse seus pensamentos, o médico fala o nome da amiga, estranhei quando Alice ligou para agendar a sua consulta, isso não... enfim, me chamou a atenção. Beatriz sabe que é sua vez de falar, não pode continuar apenas olhando para o sorriso dele, ainda assim custa a dizer, o senhor conhece, mas ele a interrompe: você, por favor, você. Ela tenta sorrir, o rosto enrijece com a contração forçada; faz um esforço para recomeçar, o você não parece possível, mas é, ela agora sabe que tudo é possível, então finalmente diz você conhece a Alice, e ele abaixa os olhos, talvez para disfarçar que entende o que Beatriz está querendo dizer, ou talvez seja apenas ela inventando intenções. Alice sempre faz coisas assim, é o jeito dela. De ajudar. Ele puxa um lenço de papel da caixa sobre a mesinha de canto e assoa o nariz com força, desculpe, continue por favor, mas ela se cala, pensando no que tinha falado sobre a amiga querer ajudar, você precisa se ajudar, ela disse, e agora, olhando para o homem sentado à sua frente, Beatriz vê claramente que ele acha que pode, mas não. Alice, você, ninguém pode, não tem como, é impossível. O médico descarta o lenço usado num cesto de vime e empurra o lixo para o lado, o que importa é que você está aqui, diz, descartando também a presença de Alice entre eles. Cruza as pernas de um jeito relaxado e a encara, e talvez não se dê conta, mas Beatriz, sim, nota a rápida faísca que escapa pelo olhar dele, ligeiramente estrábico, a sombra morena da barba cerrada, me conte, ele diz, e o sorriso reaparece junto com a frase, a voz firme buscando o tom para retomar a conversa como se entre amigos, numa descontração ensaiada e desmentida pelo cenário – um consultório, apesar da aparente desordem dos livros na estante e dos objetos que espalham a ideia de aconchego. Quieta, Beatriz repara em cada detalhe desse homem como uma especialista que estuda a radiografia exposta sobre a mesa de luz: observa os contornos de uma sensualidade etérea feito nuvem, impregnada nos pelos do braço, o perfume da carne saindo pelos poros da roupa, a franja lisa cobrindo parte da testa com certo mistério, e se espanta pensando em si mesma como outra, personagem inverossímil de um tempo antigo, quando homens como ele coloriam suas fantasias.

Desculpe, acho que esqueci de te oferecer um café, água? Não, obrigada, e o som da própria voz a alerta, ele está à espera, mas ela não quer falar sobre nada. Trava os dentes, irritada por ter cedido, vai ser bom se abrir com alguém, larga mão de ser teimosa. Por que sempre acabava cedendo com Alice? Agora se pergunta o que está fazendo ali, tem vontade de levantar, pagar a consulta, ir embora já, mas fica paralisada, emudece pensando em Cristiano – é só com ele que quer falar. Foi no final de julho, certo? A pergunta do médico revela que Alice já tinha contado, tudo, será? Beatriz presume que sim, e a ideia lhe traz certo alívio. Tomando o silêncio dela como confirmação, ele continua: você tem conseguido retomar a rotina? Ela pensa em responder com outra pergunta: como retomar o que não existe mais? Mas não, ela se recusa a falar de Cristiano, de tudo o que desapareceu com ele, então mente, nunca tive muita rotina, trabalho em casa, eu gosto, antes trabalhava fora, agora em casa. O que você faz? Sou tradutora. Do inglês? Espanhol. Literatura? Também ensaios, artigos, às vezes poesia. Ele está descruzando as pernas, alinha as costas no encosto da poltrona e faz um movimento com a cabeça como se precisasse reencaixar o pescoço. Ela observa a perna esquerda deslizando devagar, apoiada sobre a direita, até que um pé pousa, macio, sobre o outro.

Acha engraçado os pés assim, abraçados, o esquerdo relaxando sobre o direito como um corpo entregue ao colchão, e então ela imagina que, se pudesse, ele tiraria os sapatos. Mas não, pensa, ele não pode trabalhar descalço como eu. E você está trabalhando em algum projeto agora?, a voz dele puxa o olhar dela para cima. O tom assertivo não combina com aqueles pés abandonados, e Beatriz tem certeza de que os pés dele não estão interessados em nenhuma resposta; mas a voz dele exige, você tem conseguido se envolver com o trabalho? O rosto dela muda de expressão como se concordasse, mas na verdade está se divertindo com a ideia boba que agora dança na cabeça, quase diz: você não sabe como é bom trabalhar sem ter que calçar sapatos. E o sono, você dorme bem? Durmo muito. Muito quanto? Mais que oito, nove horas? Acho que sim, às vezes. Sempre foi assim ou você percebe que está dormindo mais agora? Agora?, ela repete, e a expressão não se altera, nada em Beatriz reflete as palavras que ela não diz: como você é esperto, nada de cutucar a ferida com todos os dedos, não ainda, vamos com calma, um agora cai bem, nesse agora cabe tudo sem que seja preciso falar de tudo, é só do meu sono que estamos falando, não é? Então responde: sempre dormi bem. Veja, ele recomeça, e se interrompe para mudar de posição na poltrona que de repente parece desconfortável, você passou por uma situação terrível, uma tragédia, e Beatriz se surpreende, poderia apostar que ele não iria por esse caminho, uma abordagem direta, pensa, então é isso, vamos colocar logo todas as cartas na mesa, eu passei por uma situação terrível, passei, não é mesmo?, convém usar o verbo no passado, fingir que acabou, que não está mais acontecendo, é isso, vamos ao ponto, mas com cuidado!, e talvez ele tenha percebido o incômodo que Beatriz contém, o leve movimento dos quadris ordenando silenciosamente que o corpo se erga. O médico não se intimida: é importante falar sobre o que aconteceu, elaborar o luto, cuidar da sua saúde, seu estado é delicado. Beatriz puxa o ar com força, abaixa os olhos como se procurasse no chão uma palavra capaz de calar tudo, o ponto final naquele jogo que ela não quer jogar. Mas não há nada ali, nenhuma palavra sobre o tapete, nem ao redor dos pés dele, agora um ao lado do outro, obedientes dentro dos sapatos; e, enquanto os olhos vasculham os cantos do consultório, ela apoia os cotovelos nos braços da poltrona e ergue as mãos em prece sobre a boca como se erigisse uma cancela. Cuidadoso, ele retrocede: quando você quiser, certo? Melhor assim, ela pensa, vamos terminar logo com isso, por favor por favor por favor, e abaixa as mãos, que se abandonam penduradas nos pulsos frouxos, os braços nos braços da poltrona. Sem tirar os olhos do tapete, ela se ouve dizendo, tem razão, é uma tragédia, mas. Tragédia é só uma palavra, e palavras nem sempre são capazes de traduzir o peso, o tamanho das coisas, às vezes as palavras são chão, só isso, chão.

O psiquiatra fica em silêncio, e Beatriz aguarda, desconfiada. Mais uma estratégia, supõe, e tenta se antecipar; talvez ele conte com isso, que eu não suporte o silêncio dele e fale, desconexa inexata interrompida esparramada fale, e chore, ah, claro!, eu choro e ele me estende a caixa de lenços de papel, uma ponte entre nós, vem, confia em mim, e não, não se trata de confiar, eu não quero falar nem chorar, quero ir embora, desculpe, podemos parar por aqui?, diz, já se levantando. Ele não esconde o espanto, talvez não esperasse essa reação, mas ainda temos tempo e... Ela continua em pé, então ele também se levanta, só mais um minuto, Beatriz, e o som do seu nome pela primeira vez na voz do homem a confunde com uma sensação ambígua, estranhamento e irritação. Nos vemos na próxima semana? Ela concorda só para poder sair logo dali. Mas ele continua falando, acho que valeria a pena associar a terapia com medicação adequada, e você poderia começar já, uma dose leve, seguimos acompanhando, o que você acha? Ela não se move enquanto ele contorna a mesa, abre uma gaveta e volta a sentar para preencher a prescrição. Dois minutos depois, ele está abrindo a porta do consultório, nesse mesmo horário é bom para você?

De novo no corredor, Beatriz acompanha a subida lenta do elevador, 6, 7, 8, 9, e assim que se vê sozinha amassa o envelope que acaba de receber. Não preciso de remédios para dormir, não quero drogas para acordar, não acredito nessa promessa estúpida da vida de volta com tarja preta, seu idiota! Sente a raiva fervendo no rosto, guarda o papel amassado dentro da bolsa, sai do prédio e atravessa a rua sem olhar para os lados. Destrava a porta do carro, joga o corpo no assento, os dentes apertando a voz, por que não me deixam em paz? Abre todos os vidros, respira fundo algumas vezes antes de dar a partida. Com o carro já em movimento, pouco a pouco vai voltando ao único lugar onde quer estar – sozinha, dentro de uma noite escura.

sozinho numa noite escura, a dez mil metros de altitude, você.

lá fora, o ar é menos denso e o avião desliza macio, esse avião em que você está agora

a dez mil metros de altitude faz frio, as temperaturas são muito baixas, e uma vez você me explicou que isso diminuía as chances de turbulências, tentando acalmar com a razão o meu medo irracional de voar
a dez mil metros de altitude, os passageiros adormecem ninados pela velocidade de cruzeiro, atravessam as horas de viagem cochilando entre filmes, livros, jogos, mas você não dorme, os olhos abertos passeiam pelos contornos do silêncio, a mão do passageiro ao seu lado, esquecida fora da manta, uma chupeta no chão do corredor, as letras na capa da revista na bolsa do banco em frente, e talvez você pense
a dez mil metros de altitude, você pensa
em tudo que se mantém no seu lugar, a ordem das coisas, as malas empilhadas no bagageiro do avião, cada pessoa na sua poltrona, bandeja sobre bandeja nos trilhos do carrinho
(daqui a pouco o café da manhã, a maquiagem desbotada da aeromoça, mas ainda é noite e você pensa)
o tumor no seu cérebro está lá e você ainda pensa
em todas as coisas que poderiam se mover se uma massa de ar desestabilizasse o avião –
um deslocamento mínimo e a chupeta rolaria pelo corredor e o passageiro ao lado talvez mudasse de posição –
mas você ainda estaria na mesma posição
e o som abafado das turbinas e você em pane
seria bom se tudo explodisse
você pensa
se tudo terminasse logo
você pensa
a dez mil metros de altitude
sozinho na sua noite escura
você pensou em mim?

O toque do celular soa abafado dentro da bolsa, no banco do passageiro. Beatriz trava a boca, as mãos firmes na direção. É Alice, tem certeza, e sem desviar os olhos do carro à sua frente, pega a bolsa para desligar o telefone, se atrapalha, não consegue abrir o zíper do bolsinho com uma mão, desiste, nervosa, larga a bolsa aberta no banco. Quando para no cruzamento faz um gesto brusco para deter o garoto que aparece do nada com o rodinho na mão. Não quer ser rude quando Alice perguntar sobre a consulta, e a hora não é agora. Tinha falado com ela sobre talvez procurar o psicólogo de anos atrás; a terapia foi importante naquele período, ela atordoada com o pai se mudando para San Isidro e com o rompimento com Artur. Que bom que você tá pensando nisso, mas por que você não tenta com outra pessoa? Tem esse psiquiatra, olha, ele me ajudou muito, é psicólogo também, ou psicanalista, não sei, pensa bem, é outro momento e depois disso Alice falou outra vez e de novo e tanto que Beatriz acabou concordando mesmo sem querer concordar; não tinha energia e talvez tivesse receio de parecer ingrata. O colo, o afeto, as providências de todas as horas, tudo o que Alice tinha feito e fazia, como não entender a preocupação dela? Se aproxima de mais um cruzamento, breca antes de o semáforo fechar, olha para a bolsa com culpa.

O carro de trás buzina, mas Beatriz aguarda o grupo de ciclistas que está cruzando a faixa. Uma das meninas se desequilibra, desce e segue andando com a bicicleta ao lado até entrar na ciclovia, vai, Bi, não desiste! A voz da Alice menina, as duas mãos no guidão, um dos pés no chão, esperando por ela, que aos seis anos ainda ficava insegura sem as rodinhas. A buzina agora dispara, Beatriz não se apressa, nem olha para o motorista que ultrapassa xingando. Pensa nelas duas, ela, a menor que sempre cedia – coitada dessa boneca, a trança ficou horrível, dá aqui que eu faço! –, mesmo quando ficava contrariada – você não tem lousa, então eu sou a professora e você é a aluna –, e admite para si mesma que ainda não sabe como mudar esse jogo. Não é mais a menina que aceitava brincar do jeito que a outra queria; nem a garota tímida que se encolhia ouvindo a amiga que já namorava e parecia tão experiente, dois anos a mais e toda a arrogância da adolescência. Mesmo depois, quando o tempo deixou de existir entre elas, Alice não abria mão desse lugar, e Beatriz agora se pergunta: por que continuo aguentando os palpites dela? O estômago azedo toda vez que engole as respostas, mas ela não consegue, não com Alice, talvez porque ela não seja só isso, pensa agora, e uma lembrança doída crava os dedos de Beatriz na direção do carro: como teria suportado tudo aquilo sem ela do meu lado? Se vê apoiada em Alice, um corpo sem ar, os olhos na terra que cobria o corpo de Cristiano.

Naquele mesmo dia, à tarde, Alice falou pela primeira vez sobre o grupo de orações, você tem que vir comigo na reunião de terça, disse. Beatriz escutou mas não guardou nenhum registro dessa conversa e, quando Alice voltou ao assunto, ouviu como novidade o que se repetiria em muitos dias seguintes. Como poderia ter prestado atenção? No cemitério e depois, em choque, incapaz de acompanhar o que se passava em volta, bocas se movendo num emaranhado de sons mínimos, mãos colocando xícaras de chá na sua frente, sapatos sobre um tapete. Em algum momento, abriu os olhos e se viu no antigo quarto, acordando anos atrás, as vozes familiares chegavam pela fresta da porta, o cheiro marrom das tábuas de madeira, seu rosto adolescente no porta-retratos da estante. A consciência despertou com o impacto de uma queda e precipitou a dor revigorada depois de um breve esquecimento, os gritos de Beatriz fizeram Nestor e Beth levantarem-se ao mesmo tempo, correndo para acudir a filha, calma, querida, calma, a dor gritando mais alto que a voz da mãe, Bea, hija, o corpo congelado dentro do abraço urgente do pai, alguien traiga agua, o desespero brilhando nos olhos de Beatriz. Os dois dias que passou na casa da mãe, logo depois do enterro, se amalgamaram num tempo único de agonia e sono de horas dopadas. Alice tinha ficado por perto durante todo o tempo, e depois, ao seu lado na missa de sétimo dia, no carro a caminho de casa, fazendo café na cozinha – a cena que recarrega a irritação que Beatriz sentiu naquele dia, Alice, de costas, falando sem parar sobre um grupo, orações, evangélicos, sem que Beatriz conseguisse interromper, eu sei que você não é religiosa, mas não é isso que conta, o que importa é a força das preces. Enquanto estaciona o carro na garagem, a culpa de poucos minutos antes volta a ser raiva com a falação obstinada de Alice latejando na testa, como você está se sentindo? Hoje tem reunião, posso passar aí se você quiser ir comigo, e se dá conta do quanto é paciente, de como sempre foi tão paciente, ainda não, sem vontade de sair de casa, desculpe, não fica chateada comigo, e você colocou meu nome lá, não foi?, você tem fé, reza por mim, todas essas pessoas rezando já é tão bom, prometo ir com você daqui a um tempo, todas as frases educadas dizendo não e não, Alice não vai mudar, pensa, esbarrando no celular dentro da bolsa quando pega as chaves para abrir a porta.

A casa está abafada. Ela abre todas as janelas da sala, mas a teia de calor custa a se esgarçar, o ar pesa, chega quente aos pulmões, acorda a sede e leva Beatriz para a cozinha.

Ela sente a raiva esfriar a cada gole de água fresca – não é só por causa de Alice, ela sabe: a raiva está ali o tempo todo, morna, pastosa, um magma que ferve de repente. Bebe mais, e depois enche uma garrafa com água do filtro, volta para a sala imaginando que a amiga nunca entenderia se ela dissesse: é assim que eu rezo, Alice, regando minhas plantas, e então se ajoelha na frente do vaso mais largo, derrama a água devagar, em silêncio, como se pudesse escutar as palavras úmidas nutrindo a terra. Aos poucos se acalma, esquece de Alice, de Cristiano, da raiva de tudo, e se entrega a essa trégua mínima com devoção religiosa; mergulha num lugar vazio, um espaço sem tempo onde todos os fantasmas se aquietam, inibidos, ela acredita, pelo cheiro da terra que os lembra da vida que já não têm. Seus vasos são altares onde ela planta amuletos improváveis, objetos imantados por memórias que não querem morrer. No maior, um vaso de barro que comprou na época da faculdade, quando morava sozinha num pequeno apartamento, plantou duas mudas magrinhas, promessas de felicidade e fortuna enraizadas na mesma terra. Cresceram devagar sobre as pedras trazidas de tantos lugares, cacos de uma montanha verde, conchas imperfeitas, pedregulhos alisados pelas águas de um rio. As mesmas árvores que agora sobem, abraçadas, até o teto da sala e que Beatriz observa enquanto espalha a água entre os pequenos cristais transparentes, o buda da sorte que veio da Índia, a corujinha de pedra-sabão da sua avó, uma velha estrela de metal que enfeitou a árvore de um Natal distante; também ali, invisíveis, mas entranhadas feito raízes, as pétalas das rosas que Cristiano mandou no dia depois da primeira noite.

Levanta-se para encher de novo o regador, mas antes tira as sandálias e então pensa no psiquiatra, será que ele se livrou dos sapatos depois que fui embora? Pressiona a torneirinha do filtro, distraída, imaginando o médico com os dois pés livres, a sola de um se esfregando com prazer no peito do outro, depois uma dança em giros desencontrados com os dedinhos se espreguiçando, minutos de alegria para os pés antes do próximo paciente. Se diverte com a ideia de talvez dizer: Alice, os pés do psiquiatra não me convenceram, e revira os olhos quando escuta o toque abafado do celular, ainda dentro da bolsa, chamando mais uma vez.

Não deu certo? Poxa, que pena. Só esse comentário, nada mais, para espanto de Beatriz. Alice ficou calada quando ela disse que não tinha se sentido à vontade com o médico, e achei absurdo ele ir receitando um antidepressivo sem perguntar nada, se eu já tinha tomado esse tipo de medicamento alguma vez, nada!, poxa, Lica, eu nunca tomei essas coisas, e agora é que não mesmo, não dá para arriscar, tem o bebê... e nós... nós vamos dar conta, diz, alisando a barriga que mal se nota sob o vestido largo. Você não pretende voltar, é isso? Beatriz já tinha decidido que não voltaria. Guardou o cartãozinho com o dia e horário só para se lembrar de ligar desmarcando a consulta. Talvez até procurasse o antigo terapeuta, ainda não tinha decidido, e é nele que está pensando quando responde à pergunta de Alice: não sei ainda, pode ser, talvez eu volte.

Fica aliviada por ter conseguido falar com ela pelo telefone e encerrar o assunto, pelo menos por hoje, admite para si mesma, pois dá como certo que essa conversa vai se repetir. Volta para a cozinha, pega as sandálias largadas no chão e abre a geladeira; não está com fome, mas sabe que precisa comer. Quatro maçãs, laranjas tristes, dois tomates, um pote de iogurte natural, um pedaço de queijo branco já amarelando, duas garrafas de água, pão de forma integral, leite. Com o corpo apoiado na porta aberta, se refresca no ar gelado antes de pegar um copo e despejar o leite. O cheiro azedo denuncia que a longa vida prometida na embalagem não tinha sido tão longa assim; faz careta, afasta o copo e tira do freezer um pote de sorvete, que põe sobre a mesa para que descongele, mas guarda de novo logo em seguida pensando que já não tinha comido nada sólido no almoço, duas conchas de sopa fria de tomates, o famoso gazpacho a jato do pai, a melhor receita para salir de un apuro, como Nestor costumava dizer, e que Beatriz preparava não por causa da pressa, mas porque líquidos e pastosos eram mais toleráveis para a sua falta de apetite. Sopa de novo?, se pergunta diante das prateleiras vazias, considerando a ideia de pedir alguma coisa por telefone, pizza? Quem sabe mais tarde uma pizza, mas agora pega uma maçã e fecha a geladeira. Dá uma mordida, acaricia a barriga; promete ir ao supermercado no dia seguinte, comida de verdade, juro, vou comprar um monte de comida.

Beatriz tinha perdido peso nos primeiros meses de gravidez; se esforçava, mas não conseguia comer, mareada entre ondas de enjoo e tristeza. O bebê. O bebê precisa de você. O bebê tem que ganhar peso. As frases e suas variações em tantas vozes, a mãe, Alice, a secretária da obstetra, você tá linda tão elegante mas muito magrinha tem que pensar no bebê no desenvolvimento do bebê, e, no início, eram apenas palavras girando em círculo, sílabas soltas, be-bê sem sentido, um ruído desconectado de significado, e Beatriz olhava com estranheza para o ventre dilatado, como se a percepção de que carregava outra vida lhe escapasse na maior parte do tempo, o bebê como uma ideia ainda em gestação. Mas agora está prestes a entrar no quinto mês, e as recomendações da médica soam como ameaça cada vez que percebe um movimento dentro de si – então se lembra: o bebê, e nesses momentos a palavra se concretiza, quatro letras desenhando o corpo de um bebê, exigindo que ela o alimente. Devora o som da palavra bebê, fonemas reavivando o sonho de ser mãe de um filho de Cristiano, e, mesmo sem sentir fome, abre a geladeira mais uma vez, pega a segunda maçã e, em seguida, procura o folheto da pizzaria na gaveta do armário da copa. Olha para as fotos das pizzas e ouve a mulher sentada ao seu lado no consultório da ginecologista contando que tinha acordado com desejo de pizza de aliche às três da manhã. Pensa em si mesma, no único desejo que a move, o de alimentar a parte de Cristiano que agora vive dentro dela.

Vai para o quarto, tira a roupa e se olha no espelho. Com a ponta dos dedos, contorna o círculo aumentado das aréolas, não reconhece as tetas inchadas, as veias aparentes na superfície da pele clara; toca o umbigo saliente, pousa as mãos sobre a barriga arredondada e, por um instante, tenta imaginar: lá dentro, um menino. Então desvia os olhos, leva as mãos ao pescoço, se acaricia. Traz Cristiano para perto de seu corpo, mergulha o nariz no pescoço dele, passeia pela textura dos cabelos grossos, curtíssimos, sente no rosto a aspereza da barba, o hálito de Cristiano umedecendo sua boca, as mãos vasculhando os quadris, contornando a cintura, descendo, apressadas, junto com as dela, tateando entre as pernas, os dedos dele dentro dela, o corpo de Beatriz apoiado na parede, entregue ao gozo inesperado, prenhe de prazer, grávida de saudade.

eu não me apaixonei de repente. de repente é um susto, e não foi assim que você entrou na minha vida. de repente é uma

locução abrupta, o sobressalto, a surpresa. se escrevo de repente interrompo a calma da frase, aviso que alguma coisa vai mudar a história.
de repente felicidade de repente tragédia.
então o inesperado
você
foi de
repente

mas o que pra você foi súbito e poderia ter sido rápido, acabou se alongando no tempo macio das minhas reticências, a espera suspensa no gerúndio em que fomos nos apaixonando.
não foi de repente que fizemos amor não foi de repente que planejamos um bebê não foi de repente eu te amar tanto.

como você pode me abandonar
como você pode
de repente?

20ª semana

Faltam dez minutos para as oito quando ela sai de casa caminhando em direção ao parque. Ainda acha estranho percorrer as mesmas ruas, na mesma hora em que antes saía para treinar com a turma reunida em frente à lanchonete. Não quer encontrar ninguém, então cruza o portão de entrada e segue pelo lado oposto, sem olhar para os grupos que passam correndo na pista. Anda devagar, mas logo se afasta das quadras e dos playgrounds e entra na trilha de terra que descobriu quando voltou a frequentar o parque; não precisa andar muito para que os sons de fora se distanciem, abafados pela cortina de árvores. Avança sem pressa até o tronco-banco onde gosta de sentar esquecida do tempo, prestando atenção nas coisas mínimas, a mistura de ruídos que ela ouve como se fosse uma prece da natureza: a conversa dos pássaros, a eletricidade dos insetos, às vezes o rumor do vento. Tem vontade de esticar o corpo, tenta se encaixar na superfície irregular do tronco. Põe a mochila debaixo da cabeça e os olhos no céu verde de cabreúvas, tipuanas, jatobás, paineiras. Mas não consegue ficar muito tempo nessa posição e olha em volta, procura uma árvore confortável para apoiar as costas. Dentro do jardim que circunda a trilha, vê um fícus enorme, afivelado na terra por um cinturão de raízes imensas. Quando se aproxima, repara no tronco tatuado com corações, Vera e João,

M e C, o que talvez seja um A pendurado numa flecha, encontrei a árvore dos namorados, pensa, se acomodando num vão entre as raízes. Imagina casais que já não existem, olha para as inscrições como se fossem lápides, cicatrizes na casca de uma árvore, diz para si mesma, pensando no amor do único modo como consegue agora – uma ferida –, e se levanta num salto, pega a mochila, volta para a trilha, a raiva reaparece nos pés chutando a folhagem ressecada, ajudando a abrir caminho para continuar. Sai da trilha meio atordoada, atravessa a ciclovia sem olhar, presta atenção, sua idiota!, o ciclista desvia, gritando, e Beatriz se assusta, ainda consegue dizer, desculpa, mas ele continua pedalando e provavelmente nem escuta. Ela dá três passos e para; tira a mochila das costas, coloca na frente do corpo, me desculpa, repete baixinho, me desculpa.

Caminha devagar e, depois de uma volta completa pelo parque, vai até um quiosque, uma água, por favor, pede enquanto procura as notas que tinha guardado no bolso. Beatriz? Ela gira a cabeça sem reconhecer a voz. Mas que coincidência! Ontem mesmo pensei em você, ia ligar pra saber como vai indo a... pra saber... de você, diz a mulher, as lentes dos óculos não tão escuras revelando os olhos grudados no centro do corpo de Beatriz. Tudo certo, ela responde, ainda sem ter certeza de quem é a mulher, e coloca uma das mãos na altura do umbigo como se dissesse eu não perdi o bebê, se é isso o que quer saber. Fica quieta, quem sabe a mulher não pergunte mais nada e vá embora, mas ela tira os óculos, passa a mão na testa suada, nossa, se já tá quente desse jeito a essa hora, à tarde vamos ferver, diz, esbarrando no corpo de Beatriz quando se aproxima do balcão, moço, uma água sem gás bem gelada, e virando-se para ela: me conta, você vem sempre aqui? Eu faço tênis às terças e quintas, as aulas são excelentes, e o preço é muito conveniente! Beatriz não lembra o nome, mas agora já sabe, é a mulher do anestesista, Rodrigo, Rogério?, um grandalhão que Cristiano considerava o melhor dos melhores. A mulher bebe no gargalo, depois continua falando, e os olhos de Beatriz seguem os movimentos da boca vermelha como um surdo tentando ler o que o outro diz; parece atenta, mas é a sua própria voz que escuta, hoje você tem tempo, vem comigo, Cris, aí a gente fica junto mais um tempinho, as quadras do parque são ótimas, por que você não experimenta? Os lábios da mulher se torcem, depois enrugam num bico fazendo par com os olhos franzidos, você tá pálida, tá se sentindo mal? Pudera, esse calorão... Lembro bem da minha gravidez no verão, morria de calor o tempo todo. Beatriz leva um instante para responder, é que... estão me esperando na lanchonete, preciso ir, desculpe, preciso mesmo, diz, a perna direita já ensaiando o primeiro passo, interrompido pela mão da mulher no seu cotovelo, detendo-a com suavidade, me liga, mesmo, conte com a gente pro que precisar. Beatriz diz sim com a cabeça, dispensa um obrigada educado, e seu braço se afasta da mão da mulher, o corpo se move, rápido, andando no sentido oposto ao da lanchonete, de volta à passarela das árvores. Agora lembra claramente da mulher e do grandalhão na fila de cumprimentos, conte com a gente, a frase sussurrada no seu ouvido e o abraço desagradável do homem, demorado demais, a intimidade forçada pelas circunstâncias, conte com a gente no que for preciso, a fila interminável, lamento tanto, os abraços anônimos, não sei o que dizer, tios e tias distantes que se aproximam com a língua do pai, hija, sos más fuerte de lo que pensás, os amigos de amigos, meus pêsames, meus sentimentos, os médicos de terno, minhas sinceras condolências, a vizinha da casa amarela, força, coragem, o momento é difícil demais, mas vai passar, meu anjo, confie em deus, as amigas da mãe, o tempo, minha querida, só o tempo, tenha fé, rostos, que deus te dê conforto, vozes, força, um choque pra todos nós, estamos rezando por você, fantasmas que agora gritam fazendo Beatriz tapar os ouvidos e correr para a entrada da trilha, lá dentro correndo mais cada vez mais rápido até chegar ao lugar de antes, e só então ela dobra o corpo, exausta, os braços estendidos na frente, as mãos almejando o chão, a testa úmida apoiada na mochila, a pele quente pulsando raiva.

luto luto lu to lutoluto luto l   u   t   o luto luto luto luto luto em luto em luto enluto luto me luto meu luto meu lu   t o em lutolutolutolutolu to lutolutolu to luto eu luto eu luto o luto de luto eu em luto enluto só luto só eu luto eu só lutol ut o luto luto só eu
só
luto   eu   luto   eulutoeu   luto   sólutoeu ue ueueueueueueueueeueueueueueueueueueueueueeueueueueueue ueueueueueueueueeueueueueueueueueueueueueueueueueueue

Olha para o céu ainda claro das sete da noite. Faz calor, nenhuma brisa atravessa a janela escancarada. Não tinha falado com mais ninguém o dia inteiro, o efeito daquele encontro banal continuava perturbando mesmo depois de mais de uma hora na banheira tentando relaxar. Preparou uma salada com queijo, comeu uma barra de chocolate e dormiu até as quatro da tarde, mas ainda estava inquieta quando acordou. Quis escrever, levantou da cama puxada pelas palavras e se deixou levar sem muita convicção, há tempo as palavras não aliviavam, nunca mais aqueles instantes de espanto e encantamento. E, quando abriu um caderno qualquer, a palavra luto já estava lá, só ela, em letras maiúsculas no centro da primeira página, o luto preto aprisionado entre as linhas, e no branco da página viu a força da escrita murchar até morrer na página seguinte, com a mesma palavra repetida e repetida pontilhando linhas sem nexo antes e agora a mesma pergunta: como escrever sobre o que não compreendia? A morte de Cristiano, ela não conseguia compreender.

Sonolenta, se encolhe no canto do sofá, a luz quente espalhada no couro preto. Dormir de novo, aqui mesmo, por que não? Ninguém vai chegar pra jantar, se eu acordar às onze, no meio da madrugada, tanto faz. Está quase cochilando quando a perna direita começa a formigar; muda de posição, apoia o rosto sobre as mãos pensando como seria bom se a almofada da cadeira flutuasse até ela. Vira de bruços, passa a mão na nuca suada, afasta o cabelo da testa e finalmente abre os olhos: um chuveiro frio, deseja, erguendo o corpo, lenta. Mas continua sentada, sem ânimo de ir até o banheiro, e então vê a caixa largada na mesa há mais de uma semana; tinha deixado ali para não esquecer de novo: posso fazer isso agora, pensa, olhando para a caixa de papelão que, durante anos, guardou a memória colorida da infância, os papéis de carta colecionados com capricho de menina. Tinha jogado tudo fora num impulso e amontoado ali outros papéis que, sabia, também acabariam no lixo. Mas não quis descartar nada antes de ler, e só se deu conta de que tinha se esquecido daquilo três meses depois, quando abriu a gaveta. Agora não tem certeza se ainda quer mexer naquelas coisas, pra quê?, mas já está de pé, a caixa nas mãos, e o que parecia adormecido lá dentro acorda e se senta com ela no sofá, no mesmo lugar onde Cristiano gostava de ler os jornais de domingo: chega de ficar com a cara grudada nesse computador, vem aqui vai... Você não tá lendo? Tô, mas ler as notícias é chato se não tem com quem comentar, cada coisa absurda que acontece, você viu essa história?, o cara se dizia médico formado em *Grey's Anatomy*, seriado virou faculdade, dá pra acreditar nisso? ah, para de trabalhar, Beatriz, hoje é domingo! Nossa, nem lendo jornal você esquece que é médico, que coisa, e eu não tô trabalhando, tô xeretando umas pessoas pra... Ah, é?, será que não dá pra me curtir também? Cris, dá um tempo. Tá bom, depois não reclama que eu só trabalho, que vivo cansado, cinema só com as amigas... Opa!, eu ouvi a palavra cinema? Ah, Bia, um dia lindo desses, a gente vai se enfiar num cinema?... Tá tá tá, não precisa fazer essa cara, mas eu escolho o filme. Como assim? *A gente* escolhe o filme, certo? Sei, não foi *a gente* que escolheu aquele filme iraniano da última vez...

Beatriz olha para o sofá vazio. O céu escuro entra sem convite, ela acende o abajur.

Cristiano morreu na penúltima semana de agosto. Tinham se conhecido em outro agosto, sete anos antes, na festa-surpresa que Alice inventou para comemorar a nomeação do marido dela, João Pedro, como diretor do centro de cardiologia, no mesmo hospital onde Cristiano já dirigia o setor de neurologia. Ele nem desconfia, dissera Alice, vai ser uma farra, você consegue chegar antes das oito? Passava das nove quando Beatriz encontrou uma vaga para estacionar, dois quarteirões adiante da casa deles. A sala estava lotada, muita gente também no jardim, em volta da piscina, mas Beatriz não conhecia ninguém e foi circulando entre os grupos até parar num canto da sala de jantar, perto da cozinha. Recusou a taça de vinho que um garçom ofereceu e pediu água; tinha comido só um sanduíche na hora do almoço, estava cansada e planejava ir embora logo, ainda queria fazer a última revisão no trabalho que entregaria na manhã seguinte. Quando viu João Pedro saindo do corredor que levava aos quartos, largou o copo e foi na direção dele, me dá um abraço, senhor diretor? Não acredito! Ela fez você vir nessa festa de médicos? Na mesma hora, Alice se aproximava com dois homens que provavelmente tinham acabado de chegar, parabéns, João, bem-vindo ao time, disse o moreno abraçando o amigo, ao mesmo tempo virando o corpo para ser apresentado a Beatriz. Ela estendeu a mão com um sorriso automático e aproveitou para deixar o grupo junto com a amiga, quando um garçom apareceu dizendo que o gelo tinha acabado. Foi com ela para a cozinha, que era espaçosa, mas não o suficiente para o movimento daquela noite, o vaivém dos ajudantes entrando com copos para serem lavados e saindo com os aperitivos que a copeira arrumava na bancada, ao lado das garrafas vazias. Deixou Alice no meio da confusão e voltou para a sala com outro copo de água e a intenção de chegar à porta sem ser notada. Não percebeu que ele estava vindo em sua direção, o moreno que tinha visto pouco antes, algo me diz que você não é médica, ele disse, e ela sorriu, balançando a cabeça, sem que nada, nenhuma sensação insinuasse que aquele homem seria tão importante. Nos poucos minutos em que conversaram, ela só pensava em como queria tomar um banho demorado e cair na cama.

Agora ajeita a caixa de papelão no colo, disposta a se livrar daquilo. Dezenas de cartões e telegramas assinados por colegas que não vieram ao enterro porque estavam fora da cidade. Mensagens parecidas, as condolências de praxe que ela lê mais uma vez antes de picotar uma por uma, pessoas que ela não conhecia, mas que possivelmente também estavam naquela festa. Lembra que, no dia seguinte, precisou fazer um esforço para saber de quem Alice estava falando, Cristiano, aquele bonitão de olhos verdes. Sei, ela disse, adivinhando o que viria a seguir. Não fazia nem três meses que tinha terminado com Artur, e ainda pensava nele, sentia saudade, se perguntava se devia ter tentado – ele queria morar com ela, casamento, filhos, tudo o que Beatriz também queria, mas não ainda ou talvez não com ele. De todo modo, não estava interessada em conhecer ninguém, mas em poucos minutos ficou sabendo que Cristiano era médico, neurocirurgião, disse Alice, e solteiro, já foi casado, mas não tem filhos, o João conheceu a ex-mulher dele, médica também, ele não tem certeza, mas acha que é dermatologista, e hoje em dia ela mora em Portugal. E eu com tudo isso, Alice? Nossa, como você é chata! Ele ficou perguntando de você, o João me contou e eu quis te contar, só isso. Agora não dá, sério, Alice, tô atrasada com tudo aqui, depois você me conta mais, e desligou antes que a amiga continuasse falando. Dias depois, levou um susto quando atendeu sem olhar o número e logo na primeira frase reconheceu o tal médico da festa: você sumiu de repente, voltei com dois copos de vinho e tive que beber os dois. Uma voz brincalhona confessava que tinha conseguido o número dela com João Pedro, não fique brava com ele! Objetivo, como ela logo acabaria descobrindo que ele era, não demorou para perguntar: o que você acha de jantar comigo no sábado? Beatriz se desvencilhou com uma desculpa qualquer e, quando percebeu que ele hesitava do outro lado da linha, aproveitou a deixa, outro dia, quem sabe, encurtando a conversa com um genérico a gente se fala. Nem pensou em adicionar o contato na agenda do celular e, na semana seguinte, quando outra vez distraída atendeu um número desconhecido, se surpreendeu de novo, tenho dois convites pra estreia de *Macbeth*, vamos? Desconfiou. Um dia antes tinha perguntado se Alice e João topavam ir com ela: mas não é possível, o João não ia bancar o cupido desse jeito, pensou. Coincidência ou não, ela queria mesmo ver a peça, e se disse: por que não? A gente se encontra no teatro. Como assim?, eu te pego! Não, não, vou ficar trabalhando e saio direto para lá. Ele já estava na calçada quando ela saiu do táxi. E quando a peça terminou, ele sugeriu um restaurante italiano que ela não conhecia. Estava com fome e, mais uma vez se disse: por que não? Descobriram que tinham viajado pela Toscana na mesma época, três anos antes. Ele falava sem parar, um assunto engatando no outro, acho que sempre fui médico, desde pequeno, ainda é minha brincadeira favorita, ele disse, querendo fazer graça. E você? Eu não tinha muitos amigos nem primos da mesma idade, só uns amigos imaginários, coisa de filha única. E a Alice? Ela comentou que vocês meio que cresceram juntas. Nossa, você tá bem-informado. E o que mais a Alice contou? Não muito mais, eu é que fiquei especulando pra saber se tinha alguma chance.

Ele era um pouco clichê, ela achou, mas também notou um jeito de falar com os olhos, mexer o corpo no ritmo das frases, sempre o sorriso se insinuando entre vírgulas. Se fez de ofendido quando ela pegou a bolsa querendo dividir a conta, e não deu chance para que ela chamasse um táxi, não tem cabimento, eu te levo, ou meu carro é tão desconfortável assim? Quando chegaram na frente do prédio dela, ele desligou o motor e virou o corpo, o cotovelo esquerdo sobre a direção, a mão direita em cima do câmbio a poucos centímetros do joelho de Beatriz. Ela se encolheu na poltrona, uma mão na maçaneta da porta, a outra segurando a bolsa. Foi tão bom, ele disse, e ela encabulou, adolescente, como beijada por uma voz. Posso te ligar amanhã? Beatriz afastou o corpo de leve, tentou mudar o tom da conversa, você não pediu permissão pra ligar antes.

Mas ele continuou sério, estou pedindo agora, posso?

às vezes é um vento inesperado arrepiando a pele, ou o contorno de uma nuvem onde reconheço o seu perfil, e objetos que reaparecem em gavetas improváveis, o barbeador que separei e acabei esquecendo de dar pro seu João, o post-it que desgruda de um caderno com a sua letra de médico no recado, e a campainha que toca, numa manhã clara, rosas vermelhas, endereço errado.
vermelhas. as suas rosas.
leio sinais, invento sentidos, espero por você no sonho de cada noite
mas o deserto
e os ruídos da casa não me surpreendem
e todas as coisas são só vento e nuvem e um barbeador sem bateria
e o silêncio ao redor dizendo que você morreu.

Vasculha os papéis com as mãos, à família do querido Cristiano, ainda lê antes de rasgar o último cartão, e amassa tudo com força dentro da caixa. Então olha para a foto dele, o rosto aberto entre os livros na estante, a boca negando o sorriso dos olhos. Era domingo, e já tinham arrumado a mala, estavam se preparando para pegar a estrada de volta, Cristiano ainda na rede, preguiçoso, não se mexe!, ela disse antes de fazer a foto, a luz do fim de tarde sombreando a barba de dois dias na praia. Põe a caixa de lado, levanta devagar e abre o porta-retratos com cuidado. Passa os dedos no papel, toca na imagem lembrando do último ultrassom, o contorno do rosto do bebê, tão redondo, pareceu, os olhos ainda fechados, verdes?, e então rasga: os olhos, a boca, o pescoço, a rede, as folhas do coqueiro, o mar atrás, num instante tudo desaparece entre os papéis picados, e ela esmaga com força, com fúria, toda a raiva dentro daquela caixa, a raiva imensa que Beatriz não sabe onde guardar.

22ª semana

Um pouco antes da hora do almoço, ouve a campainha, dois toques curtinhos que ela reconhece e se espanta: já? Não fazia nem vinte e quatro horas que a mãe tinha saído de lá, e, quando se despediu, Beth não falou nada sobre voltar na manhã seguinte. Beatriz olha em volta, será que ela esqueceu alguma coisa? Ainda não sabe como lidar com esta novidade, a mãe em sua casa quase todos os dias. Quando morou sozinha e nos anos em que viveu com Cristiano, Beth nunca aparecia sem ser convidada, ou no mínimo sem se anunciar com um atrapalho se der um pulo aí? Beatriz sabia que essa formalidade não tinha a ver com Cristiano, que saía cedo e voltava à noite, mas com a falta de intimidade entre elas, e agora estranha essa presença constante. Não sabe bem como lidar com uma mãe de repente disponível, atenta, preocupada. Mas, quando baixa a guarda, ela também se estranha, percebe que gosta de ver Beth entrando em sua casa sem nenhuma cerimônia. Ao mesmo tempo, não consegue não se perguntar: por que nunca antes? Por que nunca senti em você o que começo a experimentar em mim, essa coisa meio inexplicável de ser a casa de alguém?

Talvez nenhuma das duas saiba dizer como começou, quem tinha feito o primeiro movimento na direção oposta. A mãe provavelmente tentava se convencer de que Nestor era o culpado; quando Beatriz foi morar com o pai, meses depois da separação, Beth teria engolido o ressentimento, talvez confirmando para si mesma a ideia de que o marido sempre monopolizara o amor da única filha do casal. Quem sabe lhe custasse admitir que a mudança para a casa de Nestor não era causa, mas consequência de um afastamento que já existia, e que a atitude da filha só demarcava o território que as separava há tempos. É possível que tenha se sentido rejeitada, mas reagiu com uma compreensão bem-educada que Beatriz leu como indiferença, e, quando Beth tocava no assunto, culpando o ex-marido pela distância que tinha se instaurado entre elas, Beatriz desconversava. Eu não posso ir ao apartamento do seu pai, está fora de cogitação, dizia, mas e você? Por que não vem aqui? É a sua casa! Beatriz não queria correr o risco de encontrar o namorado da mãe nem mesmo topar com vestígios dele nos espaços que antes eram do pai. Não acreditava em Beth, por mais que ela repetisse que Carlos tinha entrado em sua vida depois da separação, e que Nestor nunca tenha falado em infidelidade. A otra cosa, mariposa, era o que o pai dizia, deixa isso pra lá, Bea, qué importa? As viagens da mãe, as discussões que eles tentavam disfarçar quando Beatriz aparecia, para ela tudo ficou claro quando o pai saiu de casa. Quis ir com ele naquele momento, mas Nestor a conteve: ya sabés que mi departamento es chico... quizás el segundo cuarto, ahí te puedas quedar una noche o dos, pero no le veo el sentido de que dejes esta casa tan estupenda! Beatriz percebeu que não adiantava insistir e cedeu, mas não desistiu da ideia; passava quase todos os finais de semana com ele, deixando no apartamento as roupas que tinha levado na mochila; cada vez com mais frequência, saía da escola e telefonava para a mãe, avisando que dormiria na casa do pai; quando chegava, à noitinha, Nestor a encontrava estudando, a mesa já posta para o jantar, mirá quien está por acá, dizia, fingindo surpresa. Foi se instalando aos poucos, livros, cadernos, maquiagem, os tênis de corrida no armário, as pantufas debaixo da cama. Beth percebia o movimento, mas não sabia como interromper; pisava em ovos, tentava se aproximar de todos os modos, mas Beatriz resistia, disposta a brigar por qualquer coisa. Depois de alguns meses, mal conversavam. Quem sabe não confessasse nem a si mesma, mas talvez se sentisse mais livre para viver a nova fase da vida sem a filha por perto. Então deixou que Beatriz se fosse, imaginando uma mudança temporária, um período de adaptação, talvez a filha precisasse se afastar para que as coisas fossem diferentes. Pode ter contado com a possibilidade de Beatriz voltar depois de um tempo, mais madura, receptiva. Ela nunca voltou.

Naquela época, encontravam-se em almoços espremidos entre os compromissos de uma e de outra, preenchidos por conversas sem importância; à falta de talento da mãe, que não conseguia encontrar o caminho para o contato mais íntimo, juntava-se a mágoa da filha, ocupando todo o espaço entre elas. Beatriz creditava o mal-estar à existência de Carlos, com quem a mãe se casou um ano depois da separação; Beth possivelmente pensava o mesmo, e as duas se convenceram de que o novo marido era o problema, um obstáculo concreto que travava o relacionamento. Mas talvez mãe e filha já tivessem se afastado muito antes, desde os primeiros dias, quando Beth perdia o controle, irritada com o choro do bebê, a dor nos mamilos rachados, que sangravam. É ela que não consegue, está vendo, Nestor? Eu faço tudo como o médico ensinou, mas ela não pega, não consegue sugar, só me machuca! Beatriz não poderia se lembrar disso, talvez reste um rasgo dessa memória, cicatriz de um ferimento invisível. Mas ela se lembra: de adormecer com a voz do pai afugentando o medo do escuro com histórias estapafúrdias; de Paulina, por muitos anos todos os dias à sua espera na saída da escola; e da babá antes de Paulina, uma mulher loira brincando com ela no chão do quarto. Tão pequena ainda – três, quatro anos? –, Beatriz se vê pulando entre as flores do tapete-jardim que acabava num barrado cor-de-rosa. A mãe não aparece nessas recordações; talvez estivesse por perto, em casa, cuidando de outras coisas. Ou, quem sabe, Beatriz só veja as ausências dela.

E agora ela está na porta, tocando a campainha. Você estava dormindo até essa hora?, pergunta ao entrar, carregando duas sacolas, com um olhar enviesado sobre a camisola que Beatriz ainda não tirou. Vou tomar banho daqui a pouco, tenho consulta na ginecologista mais tarde. Beth já está na cozinha, guardando as compras na geladeira, passei no hortifrúti, assim você não precisa se preocupar com isso, a Tereza vem cozinhar amanhã, lembra? Beatriz tinha esquecido, e agora se dá conta de que não agradeceu quando a mãe disse que tinha dispensado a diarista às terças e quintas para trabalhar na casa da filha. Obrigada, eu ia mesmo ao supermercado depois da consulta, mas que bom que você já comprou tudo, diz, sentindo-se grata de verdade por não ter que pensar em pizza nos próximos dias. Você ainda gosta de brócolis?, pergunta Beth, com um maço gordo na mão. Os da Tereza ficam crocantes como os da sua avó, e você adorava... Bom, acho que está tudo aí.

Se não for o suficiente para uma semana, ela cozinha lá em casa e eu trago pra cá depois, não preciso de tanta comida no meu freezer.

Com o corpo apoiado na bancada da copa, Beatriz vê a careta da mãe apalpando as maçãs murchas – melhor jogar isso fora, não dá mais pra comer –, o cuidado com que guarda as verduras, separa os legumes – olha a cor dessa hortelã, fresquíssima!, diz, colocando o maço sob o nariz da filha, que aspira as folhas, obediente, sem saber como reagir. Se pergunta se isso é afeto – a feira, a cozinheira, o telefonema para falar da liquidação imperdível de toalhas de banho ou do novo delivery de orgânicos, o horário disponível na massagista, drenagem é excelente, você não está inchando? Fica confusa quando a mãe se mostra tão solícita, providenciando tudo com a maior naturalidade, como se tivesse sido sempre assim. Às vezes acha que ela se sente na obrigação de ajudar porque o pai não está aqui; Nestor, sim, cuidaria de tudo, ela tem certeza; dele, Beatriz está acostumada a receber mimos, atenção total. Mas depois se recrimina, pensa que pode estar sendo injusta, talvez a mãe só consiga expressar afeto desse jeito – a geladeira cheia, isso também não é um carinho? De repente percebe que num impulso poderia abraçá-la, mas o corpo nega, rígido, como se impedido por memórias dolorosas: chorando de novo, Beatriz, o que foi agora? Agora era um brinquedo perdido, agora era a lição de casa que ela não sabia fazer, agora era dor de dente. Agora muitas vezes era só um jeito de pedir abraço. Então ela se retrai. Deseja que a mãe vá embora. E se eu começasse a chorar de repente? Será que ela ia dizer: o que foi agora? Ou ia soltar uma das frases idiotas daqueles livros idiotas de autoajuda que ela gosta tanto?

Não adianta perder tempo com o que não tem saída a vida é complicada a gente tem que descomplicar chorar não resolve nada, quantas vezes tive que ouvir essas bobagens? Beatriz não sabe traduzir as atitudes da mãe – egoísmo, falta de empatia, incapacidade de encarar o sofrimento, o sofrimento dela?

Quando era menina, as perguntas não tinham essa clareza, eram só interrogações do corpo. Não adianta choramingar, foi o que Beth disse quando soube que a filha estava sendo hostilizada por um grupo de meninas da escola; e na mesma hora sugeriu um intercâmbio: daqui a dois meses você completa quatorze anos e já pode entrar no programa de High School, um semestre, ou até um ano. Aprender inglês, conhecer gente de outros lugares e, na volta, quem sabe, mudar de escola, por que não? A coordenadora tinha convocado seus pais para uma reunião; à noite, atrás da porta, Beatriz ouviu a conversa dos dois: ela nunca habló de eso com você? Comigo, não, mas qual a novidade?, essa menina sempre foi tão fechada e, quando fala, é com você; ela é tímida, bloqueada, sei lá! Acho mesmo que o intercâmbio seria uma experiência ótima, ela precisa aprender a se virar sozinha, tenho certeza de que isso resolveria a questão. Ah sí? querés facilitar las cosas para ela o para ti, Beth? Não fosse pelo pai, Beatriz e os problemas com bullying possivelmente teriam sido despachados para uma escola no Canadá ou Estados Unidos. Naquela mesma noite, Nestor sugeriu: no sería una buena ideia charlar con alguien que sabe más que yo y tu mamá? Chorou no colo do pai e concordou com tudo, vos decidés si querés viajar, cambiar de escuela, lo que sea, combinado?

Pronto, geladeira cheia, tudo resolvido. Tá aí, pensa Beatriz, geladeira cheia resolve tudo, olha que maravilha, e eu aqui querendo abraço, querendo chorar, achando que finalmente tava dando pra chorar com você. E ao se virar, como se lesse o rosto da filha, Beth franze os olhos, como tentando entender o que fez de errado, arrisca: vamos almoçar em algum lugar gostoso antes da sua consulta? De novo e inesperadamente, Beatriz se sente acolhida – como não aceitar esse afeto, fosse como fosse? Seu corpo desencosta da bancada, mas os braços levam um segundo a mais, ainda indecisos, e o quase abraço se desfaz quando Beth pergunta: falando em ginecologista, por que você não marca uma consulta com o doutor Humberto? Ele fez todos os partos da família da Tininha e acompanhou a gestação da Paula, ela ficou em repouso absoluto, lembra? Beatriz encara a mãe, só consegue dizer: e daí? Daí que ele é recomendadíssimo! Que ótimo, mas a minha gravidez não é de risco. Claro que não é, meu bem, mas não seria melhor ter um obstetra experiente cuidando de você e do bebê? Minha médica é obstetra, eu me cuido com ela há muitos anos, coisa que você não sabe por que nunca se interessou em saber. Vou tomar banho, senão me atraso, o almoço fica pra outro dia.

procuro palavras, encontro dor
três letras latejam dordordordor
sem nexo sem espaço dor
até quando?

escrevo e a dor vem antes da palavra
me olha de frente e me cala
[as palavras morreram com você?]

Que tanto você escreve aí nesse caderno? Beatriz toma um susto quando Roberta agacha do seu lado, no segundo degrau da escadaria do pátio, onde está sentada, escrevendo, como sempre faz nos intervalos das aulas. Fecha o caderno com decisão, intimidada pela agressividade que a menina não faz questão de disfarçar. Ah, entendi, são pensamentos íntimos, reflexões profundas tipo poemas? Beatriz abraça o caderno, abaixa o rosto, não responde. Por que você não lê pra gente? Eu, a Vicky e a Ju, a gente também curte poesia de vez em quando. Ou será que é outra coisa que tem aí? Beatriz não está preparada para o que vai acontecer: com um gesto rápido, a menina alcança o caderno, tenta arrancá-lo das suas mãos. Num impulso, Beatriz reage, crava as pontas dos dez dedos na contracapa esticada, as páginas abertas em fole de sanfona; a garota puxa com força – a lombada não resiste e o caderno se parte em dois, a contracapa e três páginas em branco nas mãos de Beatriz, a capa e dezenas de páginas escritas nas mãos de Roberta, que se levanta, às gargalhadas, consegui, consegui!, e sai correndo na direção do grupo que acompanhava tudo de longe. Beatriz paralisa. Só depois ficaria sabendo que as três tinham feito uma aposta, quem vai conseguir pegar o caderno dela? Da sua carteira, na fila de trás, à esquerda, Ju tinha uma visão privilegiada e provavelmente sabia que Beatriz guardava o caderno no bolso da frente da mochila. Deve ter avisado as amigas, mas nenhuma tinha conseguido chegar perto, Beatriz não desgrudava da mochila. Roberta quis pegar aquele caderno de qualquer jeito, e agora se divertiam lendo em voz alta, cada sílaba acentuada com deboche num jogral diabólico, atraindo a atenção de todos no pátio: "O que é o amor?". Gente, que coisa mais linda de se perguntar! Quem será o muso inspirador do "silêncio no meu coração"? E esse pedaço aqui, ó, "dias no escuro, noites em claro", sente só o jogo de palavras, gente! Alguém se aproxima de Beatriz, tá tudo bem?, mas ela não consegue falar, não se move, agarrada aos pedaços do caderno que ficaram no colo, três páginas em branco, os olhos pregados no chão.

A escola advertiu as meninas, convocou reuniões com todos os pais, aos de Beatriz, sugeriu apoio psicológico, nem sempre conseguimos controlar esse tipo de assédio, disseram. E só muito tempo depois desse dia ela teve coragem de mostrar para alguém um poema anotado em um caderno não tão diferente daquele, um dos muitos que ela guarda desde os doze anos e que de vez em quando folheia, achando graça da letra arredondada da menina, os traços que foram se encolhendo na adolescência, cada vez mais inclinados, às vezes ilegíveis nas cartas que agora escreve para Cristiano.

Você nunca pensou em publicar? Glória é o nome da amiga que leu o poema e fez a pergunta que Beatriz não soube – ou não quis – responder. Fechando o caderno, fugiu do assunto com outra pergunta: traduzir já é um desafio e tanto, né? esses textos são exercícios de escrita, coisa minha, disse. Ainda não eram próximas como viriam a ser nos anos seguintes, a única amiga para quem Beatriz um dia contou a história do caderno rasgado e de como nunca mais teve coragem de mostrar nada para ninguém. Talvez porque ainda ouvisse as risadas.

[as palavras morreram com você?]

Falta pouco para a meia-noite quando ela fecha o caderno e guarda na gaveta da escrivaninha. Não está com sono, mas vai para o quarto, abaixa o som do celular, ajeita os travesseiros, pega um dos livros empilhados na mesa de cabeceira, uma edição antiga dos poemas de Benedetti que o pai tinha deixado com ela quando se mudou para Buenos Aires com Martina. Passa os dedos sobre a dedicatória que sabe de cor: para mi Bea querida, un tesoro para otro tesoro. Abre numa página qualquer e lê: lento pero viene/ el futuro se acerca/ despacio/ pero viene, e sorri pensando em Nestor, lento pero viene, você escolheu esse poema, pai?, pergunta, como se ele estivesse ali, despacio, comovida com as palavras que agora trazem a voz do pai, lento pero viene, lendo para ela numa noite da infância, el futuro se acerca, ele diz mais uma vez. Apoia o livro em cima da barriga, fecha os olhos, mas não consegue ver o futuro. O passado continua ali, e de repente sente-se mínima no colchão imenso, fabricado na medida dos desejos de Cristiano para substituir o antigo, que ela já achava grande demais quando seus corpos se encaixavam, adormecidos, no centro da cama. Maior ainda?, perguntou enquanto o vendedor mostrava até onde podia esticar largura e comprimento do modelo king size e, antes que ela pudesse dizer que teriam que tirar a poltrona do quarto, Cristiano a interrompeu, baixando a voz: maior, sim, pra gente poder rolar à vontade. Beatriz virou a cara, às vezes você é tão babaca, eu tô falando sério. Eu também, e quero uma cama enorme sim senhora, qual o problema?

Era um homem grande e praguejava quando tinha de se encolher com seus um metro e noventa e seis em camas de hotel, não só os pés, também o corpo de peito e ombros alargados pelo tênis que praticava desde jovem, nos finais de semana, quando saía de casa vestindo o que Beatriz tinha apelidado de uniforme de médico versão esportista:

no máximo um detalhe em marinho no branco das meias, camisetas e shorts. Na cama onde dormiam há três anos, às vezes ele amanhecia com os pés pendurados na borda do colchão, reclamando porque não podia se esticar à vontade em todas as posições. Queria um colchão gigante, e fez questão das molas ensacadas uma a uma – assim eu não te perturbo quando me mexo, olha só esse molejo, eu pulo aqui e você continua dormindo aí, e Beatriz vira o corpo e olha de frente para a lembrança, Cristiano sentado no meio da cama, sacolejando feito moleque na loja de colchões. Mas agora nada se move, o fantasma não tem peso, e ela desvia o olhar, não quer ver a imagem de Cristiano desmanchando mais uma vez. Abre a gaveta da cômoda e procura o papel que a mãe tinha deixado com ela, as listas com endereços de lojas de móveis para quartos de bebê, e de empresas especializadas em reforma de colchões. Já que você não quer mudar de casa, vamos trocar um ou outro móvel, disse Beth, no seu quarto, por exemplo, eu sei que o colchão é novo, mas você não precisa de uma cama tão grande, dá para cortar o colchão na medida que quiser, aí colocamos uma poltrona bem confortável, quem sabe uma dessas especiais para amamentar? Na hora, Beatriz não demonstrou o quanto a ideia de cortar o colchão lhe parecia bizarra; vou pensar no assunto, disse, só para não discutir naquele momento. Mas agora, com o papel na mão, crava as unhas na letra da mãe, o rosto queimando, e se arrepende de não ter falado que o colchão é novo mesmo e perfeito e como assim cortar? Chora raiva com água e agonia, sais minerais, gorduras e indignação, proteínas e fúria, uma composição química de dor diluída em lágrimas grossas, e ela começa a gritar como se Beth pudesse ouvir, você tem razão, como não pensei nisso? Tão prático, olha que simples, vamos cortar Cristiano com uma reforminha, tem que descomplicar, minha filha, só que não dá, dona Beth, não dá eu não consigo não quero poltrona nova nem cama nova não quero nada e não adianta cortar o colchão, que ideia estúpida!

Sentado ao seu lado, Cristiano desliza devagar, o corpo imenso abraça o colchão.

o gosto branco do sal
língua áspera
saliva ácida
no mar

a saudade é amarga.

No dia seguinte, percebe que dormiu descoberta, os picotes de papel espalhados entre os lençóis. Uma pontada no peito avisa que a dor adormecida também está acordando com gosto de ressaca. Senta na cama, lenta, joga a cabeça para trás, força o pescoço dolorido pela tensão a se curvar. Só quando pega o celular para ver as horas se lembra do almoço com Glória: amanhã fico com o carro e posso passar aí logo depois da minha aula, tenho novidades, disse a amiga no telefone, fazendo mistério. Beatriz chegou a pensar que ela ia anunciar a gravidez tão aguardada, mas logo percebeu que não era isso. Glória já tinha tentado passar duas traduções para ela, não tô dando conta de tudo que tenho pra entregar, vou ter que recusar o trabalho, por que você não faz? Desconfiava que a amiga não estava tão sobrecarregada nem precisava de ajuda; seus argumentos a traíam: dá pra fazer com calma, esse livro só deve entrar em processo de edição daqui a uns meses. Beatriz hesitava, tinha medo de não conseguir. Sentia-se presa num casulo gravitando na borda do mundo, sem força para sair desse lugar. Já tinha tentado, mais de uma vez. Voltara aos exercícios de tradução que fazia na entressafra dos trabalhos, tinha se debruçado sobre os diários de Alejandra Pizarnik; relia as anotações, recomeçava sempre disposta a ir até o final. Mas as palavras da poeta conversavam com sua tristeza, cuando entré en mi cuarto, tuve miedo, e a cada frase se via refém de pensamentos obsessivos, trancada no seu próprio quarto escuro. Às vezes, cismava por tempo demais com uma palavra simples – suéter? –, perdendo-se em dúvidas desimportantes – soa arrogante, estrangeira... pulôver? Não, pior ainda –, questões que antes não tomariam dois minutos – malha, casaco? agasalho é melhor? – tornavam-se escolhas cruciais, e a frase me saqué los pantalones y subí a la silla para mirar cómo soy con el suéter y el slip se transformava num som único – suéter sué suétersuétersu –, desconectado da ideia, um vácuo de onde ela não conseguia sair, vencida pela sensação de que tudo se esvaziava em dispersão. Como posso me comprometer com um trabalho?

Quando lê a mensagem de Glória avisando que já está a caminho, toma um banho rápido, coloca o mesmo vestido do dia anterior e vai esperar a amiga na calçada em frente da casa. Olha só como cresceu! É a primeira coisa que Glória diz, faz o quê, duas semanas que a gente se viu? Beatriz se encolhe, como se sua gravidez magoasse a amiga. Mas nada em Glória faz pensar que ela se sinta assim; é Beatriz quem se ressente, imaginando que sofreria se estivesse no lugar dela, sem conseguir engravidar depois de dois abortos espontâneos. Muda de assunto, aonde vamos? um lugar geladinho pra fugir desse calorão? Glória sugere um restaurante ali perto, a comida não é lá essas coisas mas o ar-condicionado é ótimo, e começa a falar enquanto dirige: você já ouviu falar de Ana Lys V. Onavat? Descobri o nome completo, mas ela assina só Ana Lys. Beatriz franze os olhos, acho que não, quem é? Também não conhecia até a Paula me dar isso aqui, diz, largando uma mão da direção para puxar um livro de dentro da sacola que tinha deixado no chão do carro. Ela foi pro México no mês passado e trouxe esse e mais um monte de livros de autores não publicados aqui. *¡Shhhhhhhhhhhh!...*? Que título é esse? Bia, olha direito, é um infantil! Uma conversa entre dois personagens que querem descobrir por que o "senhor Silêncio" tá tão quieto. E desde quando a Paula se interessa por literatura infantil? Ela não se interessa, mas tava procurando um livro pro bebê e se encantou com essa história. Daí nós duas achamos que valeria a pena traduzir e apresentar para uma editora. E você vai fazer isso? Sem condições, tô atrasadíssima com meus trabalhos, mas você pode traduzir. Fica com o livro, de todo jeito é seu, quer dizer, do bebê. Glória continua falando, não dá chance para Beatriz interromper: achei que eu ia dar o primeiro livro dele, a Paula foi mais rapidinha, a danada. Não tem problema, você dá o primeiro livro em português, e eu escondo esse aqui do meu pai, ele, sim, vai ficar bem nervioso se souber que outra pessoa já inaugurou a estante bilíngue do neto. Glória ri, e como vai o señor Nestor? Falam de Buenos Aires, a casa de San Isidro onde ele vive agora, do dia a dia, das editoras, dos escândalos no país e dos bastidores de um prêmio literário importante. Você nem imagina com quem ela tá ficando, chuta! Glória faz fofoca, Beatriz não sabe direito de quem estão falando, mas se diverte, fica feliz de não ter cancelado o almoço. Pensa em como é bom estar ali, poder se lembrar de como era, de como tinha sido. De como, talvez, ainda pudesse ser.

24ª semana

O banco de madeira encaixava perfeitamente naquele espaço do quintal. Vai ficar ótimo lá em casa, disse para o amigo que estava se desfazendo dos móveis do sítio, e pagou o que ele pediu sem pensar duas vezes. Só não era confortável – nem ela nem ninguém conseguia ficar sentado ali por muito tempo, mesmo com as almofadas que tinha mandado fazer para o assento e o encosto. Então tira um jogo de almofadas do banco e senta sobre elas com as pernas estendidas sobre o chão de caquinhos; põe o copo com chá gelado do lado, e no colo o notebook e o livro que Glória tinha deixado com ela. De manhã cedinho, aquele é o lugar mais fresco da casa, o pequeno quintal atrás da cozinha, perfumado pelas flores do manacá-de-cheiro que tinha plantado num canto do minijardim; atrás da árvore, primaveras carmim se enroscam na treliça de madeira que sobe em diagonal além do muro que separa a casa do vizinho, escondendo o varal, o tanque, a máquina de lavar roupas e um quartinho transformado em depósito, abarrotado com pilhas de livros, cadernos, antigas gravuras emolduradas e miudezas que ela acumula há anos. Beatriz não se desfaz das coisas.

Apesar de todos os receios, acabou topando fazer a tradução, e combinaram: quando você achar que tá pronto, mostramos pro Gustavo. O marido de Glória tinha assumido o catálogo infantil de uma editora, e tinha se animado com a ideia de publicar o livro, ou ao menos foi o que ela disse, exagerando, talvez, como Beatriz desconfiava. Mas isso importava menos do que a tentativa de se concentrar. O infantil lhe pareceu uma chance: quem sabe consigo dar conta, pensou, e se convenceu de que poderia arriscar um recomeço a partir daí.

Tinha se permitido um tempo sem se preocupar com dinheiro, contando com as reservas de Cristiano. Mas agora percebia que estava refém dessa situação, a sensação de impotência crescendo no tempo vazio. Antes, trabalhava todos os dias, às vezes em dois textos ao mesmo tempo, um de manhã, outro à tarde, e continuava até Cristiano chegar, nunca antes das nove da noite. No começo, ele ainda telefonava avisando, acho que não consigo sair daqui tão cedo; depois, ela entendeu que a exceção era a regra no dia a dia do médico que atendia no consultório, operava num centro de saúde da rede pública e ainda chefiava o grupo de neuro-oncologia de um hospital particular. Não tinha chance de esquecer que era casada com um médico – quando estavam com os amigos, alguém sempre aproveitava para pedir uma indicação, um bom gastro, quem você recomenda?, e depois de um tempo Beatriz já não se surpreendia quando a conversa virava consulta, com a pessoa descrevendo sintomas de todo tipo na mesa do restaurante. Certa vez, voltando para casa depois de um jantar, já no carro, ela comentou que tinha ficado impressionada com as queixas de um amigo. Pode ser grave mesmo, disse Cristiano, com tranquilidade, sem desviar os olhos da direção. E você disse isso pra ele? Não. Mas amanhã vou falar de novo com ele, fiquei de passar o telefone de um especialista, o Celso, lembra dele? Mas por que você já não marca a consulta? Ah, Bia, o Cláudio é bem crescidinho, eu fui muito claro, ele tem que fazer exames logo. Como você consegue? Como eu consigo o quê, Bia? Não dizer que pode ser grave, que ele não pode enrolar, você conhece o Cláudio. Eu vou ficar em cima, pode deixar. Mas você acha que é sério? Pode não ser, só dá pra saber depois dos exames. E aí? Bom, aí é outra conversa. Como você faz com seus pacientes, quando já sabe que é complicado, ou até pior... Você diz isso para a pessoa? Que vai ser difícil? Quando não tem saída, você diz logo tudo? Tudo nem eu tenho como saber, Bia, e ela calou um momento antes de continuar: mas o quê você diz? O que posso dizer, do que eu sei e do que eu acho que a pessoa precisa saber. Seria desonesto fazer de outro modo, concorda? Isso não quer dizer que eu não incentive a pessoa, a família toda, a tentar tudo, quem sabe? Às vezes até a gente se surpreende, um tratamento que não funciona com um paciente dá certo com outro, pelo menos uma trégua de um ano, com sorte dois. E se fosse com você... Você ia querer saber tudo? Bom, daí nem é questão de escolha, médico doente é outra história. Por quê? Ora, porque a gente não tem como não saber quando a coisa é feia. Mas isso não tem nada a ver com o Cláudio, pelo que ele falou é alguma coisa no fígado, e fígado não é do que eu mais entendo. Fica tranquila, o Celso é fera, não vai ser nada.

No começo do namoro, quando ainda estavam se conhecendo, Beatriz não escondia o assombro ouvindo Cristiano falar como médico – ela, que até então só tinha se aproximado da morte na literatura, tentava decifrar o que nele parecia impermeável ao sofrimento, uma frieza que ele justificava e ela se esforçava para entender. Não tenho como escapar disso, dizia, a morte, bom, a morte acontece. Claro que não é banal, nunca é banal. Por mais que a gente se acostume, perder um paciente sempre é ruim, é difícil, e não poder fazer nada é frustrante. Mas às vezes a morte é o único alívio. Cristiano provavelmente percebia como aquele universo era novo e áspero para ela, logo escapava do assunto fazendo graça: infelizmente não posso mudar o rumo das histórias como nos livros, ah, os escritores! Se eu soubesse escrever como você, até tentaria, só pra me sentir um deus todo-poderoso operando milagres. Mas você nunca teve vontade? Do quê? De escrever sobre essas vivências tão fortes. Não, Bia, viver já tá de bom tamanho pra mim, e se você ainda não percebeu, vai ter que se conformar, eu sou médico, só isso. Beatriz não pensava nesses termos; estava apaixonada e talvez não conseguisse ver como o mundo de Cristiano era diferente do dela. No se trata de que te guste o no, angelita, es el hombre que elegiste y eso significa mucho para mi, disse Nestor quando conheceu o namorado com quem a filha já estava morando. Ser médico no me preocupa, pero vocês parecen tener naturalezas distintas, entendés? Sos como un río, Bea. Tranquila. De chiquita ya eras así, de no brigar. Si una coisa não tem jeito, buscás otro camino, no es así? Y siento que Cristiano es como el mar, tiene esa fuerza, una ansiedad. Me parece un hombre intempestivo. Beatriz achou que o pai tinha certa razão, mas não disse que talvez fosse justamente isso que a fascinava tanto – o que em Cristiano era vastidão, esse mar que o pai tinha desenhado, e tampouco falou do desejo urgente que nunca tinha sentido, a eletricidade dos corpos atraindo mundos distantes. O corpo dela, um rio sugado pelo oceano.

traço novos percursos, prefiro o congestionamento à saudade que vai me atropelar naquela rua estreita onde você virava pra desviar do trânsito.
meu mapa tem lugares proibidos, contorno campos minados, evito as regiões onde a dor me espreita.
você ainda é
você
ainda na quadra de tênis da alameda de ipês na padaria das manhãs de domingo no canto do balcão do restaurante japonês
na ótica onde você mandava fazer os óculos (e esse, ficou bom?)
e se, lá de dentro, refletido no espelho redondo do balcão, seu rosto outra vez procurando o meu?
ainda
não posso enfrentar a rua do consultório a banca 9 da Doutor Arnaldo a nossa pousada na praia
nunca mais os discos do Keith Jarrett
nunca mais
você nós dois na sala dançando
Blame It On My Youth.

Bebe um gole de chá e abre o livro na primeira página. ¡Shhhh! baja la voz, Silencio se está quedando dormido... ¡Claro que no!, solo está pensando/ ¿Cómo lo sabes? Te apuesto que está durmiendo/ ¿Solo porque cerró sus ojos? No entiendes nada. Beatriz se detém na primeira frase do diálogo e traduz literalmente: Shhhh! baixe a voz, Silêncio está adormecendo. Torce o nariz, abre o computador, escreve: Pssssiu! fala baixo. Relê, gosta, experimenta substituir está adormecendo por está quase dormindo, e prefere – o tom é esse, decide, mas ainda sente o ritmo estrangeiro quando lê em voz alta, então testa com o artigo: fala baixo, o Silêncio está quase dormindo. É por aí, diz para si mesma, eles querem saber por que "ele" está quieto. Parece muy preocupado, ¿qué puede ser? No lo sé. Silencio tiene el hábito de esconder sus problemas; para na palavra hábito, balança a cabeça, não, de jeito nenhum... costume também não, praxe menos ainda, mania? mania, mania..., repete e se convence, mania cai bem aqui, o Silêncio tem mania de esconder seus problemas, se ouve dizendo enquanto os olhos fogem da tela e se fixam do outro lado do quintal, a porta do quartinho aberta e, lá de dentro, a voz abafada de Cristiano: aquela mala marrom, a menorzinha, não tá em lugar nenhum, será que você guardou aqui?

Uma viagem rápida, ele avisou, de surpresa, enquanto jantavam. Um congresso no exterior não era novidade, às vezes Cristiano viajava até mais de uma vez por ano, e, quando conseguia emendar o trabalho com férias, Beatriz ia ao seu encontro. Mas você já vai amanhã?, ela perguntou, um congresso assim de repente, de um dia pro outro? Não é isso, me convidaram no ano passado, na hora eu aceitei e depois esqueci, acho, não avisei a Cleide, ou ela esqueceu de colocar na agenda, não sei. Só sei que meu dia foi um caos, tive que cancelar tudo correndo.

Beatriz não estranhou o mau humor. Esse tipo de coisa tirava Cristiano do sério, ele era organizado, ela sabia como ficava furioso quando as coisas saíam do controle. Não desconfiou de nada quando ele disse que iria para Houston, acho que nem comentei nada porque tinha certeza de que você não ia se animar com férias no Texas, brincou, parecendo menos irritado. Não fica chateada comigo, volto rapidinho, dá pra resolver tudo em uma semana, talvez menos. O desapontamento que ele provavelmente viu no rosto dela não tinha nada a ver com a viagem; naquela noite, Beatriz ia contar que a menstruação estava atrasada, queria dividir com ele, mais uma vez, a ansiedade pela gravidez que vinham tentando há seis meses. Mas não teve chance, e é possível que ele não tenha percebido que ela estava inquieta, no dia seguinte, sentada na beira da cama, hesitando, sem coragem de tocar no assunto enquanto ele arrumava a mala. E porque tudo era agitação, ele apressado abrindo gavetas, fechando a mala, o táxi já na porta de casa, Beatriz não falou nada. Depois se aquietou, dizendo para si mesma que era só uma suspeita, e nem era a primeira vez que acontecia, a menstruação atrasar três, quatro dias, a cada mês a expectativa aumentava; para não se frustrar à toa, tinha decidido esperar pelo menos uma semana – mais três dias e faço o teste, pode não ser.

Mas porque alguma coisa no seu corpo lhe dizia que sim, que talvez fosse, um instante antes de ele entrar no táxi, perguntou num impulso: topa ir pra praia na volta?

Começou a sonhar com o fim de semana na pousada ali mesmo, de pé, na porta de casa. Enquanto o carro se distanciava, se viu no mar, dizendo baixinho no ouvido dele: tô grávida. Mas conteve a alegria, com medo do que talvez ainda fosse só desejo. Mais três dias, decidiu, tentando ignorar a certeza que crescia dentro dela.

E agora fecha o computador, onde você enfiou essa mala?, vendo aquela viagem recomeçar com as mesmas perguntas que ela vem se fazendo há meses – quanto você já sabia quando inventou a história do congresso? Como fez pra se controlar, você tava pirado, mas organizou tudo sem falar com ninguém, e eu não percebi nada... Ninguém sabia? Nenhum sinal de desespero, eu não vi, e você tava desesperado, claro que sim. Por que não me contou nada, por que você não contou comigo? O ressentimento dá lugar à compaixão. Sofre mais uma vez imaginando o sofrimento dele, você não desmoronou enquanto esperava o médico, ali, sozinho? Ou tinha mais alguém no consultório? E esse médico, vocês já se conheciam? Vê Cristiano tenso, sentado na frente de alguém sem rosto, um neurologista? Será que esse homem foi cuidadoso como você era com os seus pacientes? Você... era? Que palavras ele escolheu, ou deixou você ver os exames na tela do computador na mesma hora em que ele estava vendo? Beatriz supõe que Cristiano escutou tudo em silêncio e, em certo momento, adivinhando as palavras do médico, teria fingido que estava se ajeitando na cadeira para encaixar as duas mãos sob as pernas – foi assim? daquele jeito que você se enroscava todo quando ficava nervoso? Você tava prestando atenção no que o homem sem rosto falava ou será que não conseguia ouvir mais nada? Ela agora está lá, Cristiano na sua frente, a boca travada, contraindo os maxilares, o corpo enrijecido e os pensamentos escapando daquela sala, indo ao encontro de cada um dos próprios pacientes no momento idêntico ao que ele está vivendo, todos eles e também Cristiano em choque, de cara com a verdade estampada num jaleco branco. Beatriz se pergunta se o rosto dele teria se crispado com a mesma aflição dos rostos que ele descrevia, o engenheiro jovem e já grisalho; a adolescente de lábios carnudos ao lado da mãe, pálida; os dois carecas, com a mesma expressão de angústia, tão parecidos como ficam os casais depois de anos de convivência; o executivo de óculos vermelhos; a mulher de setenta e três anos preocupada com os cabelos por causa da quimioterapia; rostos impacientes assimilando as mesmas explicações que ele estaria ouvindo, e tentando, cada um do seu jeito, encontrar brechas entre as palavras de homens sem rosto, espaços como um sinal de esperança entre vírgulas. Mas não, Cristiano não tinha como se enganar sobre o que estava por vir. Não teve o benefício da dúvida, nem era religioso para contar com a força de uma fé para lutar. Quando pensa nisso, adivinha a agonia que ele deve ter sentido, suspenso no silêncio que se prolonga quando o outro cala sem mais nada a dizer: como confortar alguém que sabe quando e como vai morrer? Na sua frente, o rosto de Cristiano, abatido, as mãos ainda debaixo das coxas – você tava tremendo?, e Beatriz se contrai como se o corpo dele penetrasse no seu, retesado, a respiração impossível com a confirmação de um câncer no cérebro.

Dona Beatriz? Bom dia! Cheguei, viu? Tão quietinha aí, pensei que tinha ido pro parque, tá tudo aberto lá dentro. Demora um instante e responde, bom dia, oi, Tereza, ainda numa espécie de transe, a senhora tomou café? Quer um sanduíche?, e Beatriz puxa a perna direita, devagar, obrigada, não quero nada não; massageia a panturrilha dormente, então vou lá pra dentro arrumar seu quarto, depois pego aqui na cozinha; abre outra vez o notebook, se precisar de alguma coisa a senhora me chama, e Beatriz concorda com a cabeça, o Silêncio tem mania de esconder seus problemas reaparecendo na tela.

cento e dez dias.
onde as palavras pra medir o tempo?
depois de cento e dez dias, olho o sempre na janela, no recorte da paisagem o mesmo céu em suspensão. mas

depois de cento e dez dias, a Terra já percorreu quase um terço do seu giro em volta do Sol.
depois de cento e dez dias, uma roseira poderá ter florescido até duas vezes, e morangos maduros pendem do vaso onde plantei uma muda.
durante esses cento e dez dias, o óvulo fecundado há vinte e quatro semanas se transformou num bebê que agora reconhece os sons do meu corpo: os ruídos do estômago, os batimentos cardíacos, a minha voz.
(será que você ainda reconheceria a minha voz depois de cento e dez dias?)
faz cento e dez dias que os amigos me consolam com afeto, palavras, estatísticas: os primeiros meses são os mais difíceis.
três meses e meio é outro jeito de dizer cento e dez dias.
mas cento e dez dias não cabem em palavras
tão idênticos os minutos
cada quarto de hora
as horas inteiras
as horas iguais
depois de cento e dez dias
o mesmo dia.

25ª semana

Sozinha no vestiário, ela ajeita o maiô, prende o cabelo dentro da touca, guarda a mochila no armário e corre para a piscina. A aula está começando quando ela desce pela escada lateral e se encaixa no meio do grupo já em movimento: em fila, meninas, circulando rapidinho pra aquecer, e Beatriz obedece, ultrapassa as mulheres que continuam conversando como se a professora não estivesse lá, melhorou o enjoo?, levanta esse joelho, gente!, agora de frente pra mim, braços esticados empurrando a água com energia, palma da mão aberta. Não decidi o quarto, essa sua arquiteta é meio cara; agora vamos chutar, meninas, um, dois, calcanhares encostando no chão, nada de pezinho flutuando, hein?; levei uma bronca do médico, engordei muito esse mês; pernas flexionadas, quadril pra trás, coluna reta, girando os braços pra frente, ombros encaixados, atenção! Beatriz se concentra nos movimentos, a dor nas costas cede dentro da piscina, é um bálsamo, e ela se anima, sempre fica mais disposta depois das aulas. Pelas conversas que escuta, imagina que aquelas mulheres já se conhecem, frequentam o clube, almoçam juntas, quem sabe são ex-parceiras de tênis que engravidaram na mesma época, ou talvez só se conhecessem de vista mas agora trocam intimidades, irmanadas na gravidez. Rostos sorridentes, convidando Beatriz a participar da roda; ela retribui esses acenos com reserva, evita qualquer aproximação e a pergunta: você é nova aqui no clube?, a primeira de todas que viriam, ela adivinha. E porque não quer ouvir, é a última a chegar e a primeira a sair quando a aula termina. Não saberia o que dizer se fosse para ela que a garota do biquíni azul contasse dos desejos absurdos do marido: outro dia ele ficou desesperado querendo comer rabanete, tá mais grávido do que eu! Como disfarçaria o embaraço se fizessem a ela a mesma pergunta que ouviu no vestiário: eu fico pensando no bebê, não consigo transar direito, e você? Beatriz não quer expor a tragédia de sua gestação em luto, não suporta os silêncios constrangedores, a pena disfarçada nos olhares compreensivos. Quer se proteger, mas não escapa das próprias perguntas – como seria? Carinhoso, ela acha que sim, mas... e o tesão? Pensa na urgência que sentiam um do outro, as mãos fortes que a levantavam do chão, olha para as tetas dilatadas, ele ia me desejar com a mesma fome?

Se você quer tanto, vamos em frente, foi o que ele disse quando ela contou do sonho – um bebê, era um bebê lindo no meu colo, um menino, e era nosso –, seus corpos ainda suados de amor, o domingo começando na janela. Vamos em frente, ele disse, e a felicidade de Beatriz se alargou debaixo dos lençóis; era só isso, felicidade, quando ela mergulhou no peito de Cristiano. Agora, por mais que tente, não consegue lembrar do que mais se disseram naquele dia. Só essa frase – se você quer tanto – volta e se repete debaixo do chuveiro. O eco das reticências de Cristiano cresce, abafa as vozes das mulheres que conversam no vestiário. E você... você queria?, se pergunta, angustiada pela impossibilidade da resposta, pensando agora que ele poderia ter concordado só para que ela se apaziguasse.

Dobra o corpo debaixo da água quente, as palavras de Cristiano queimando a pele, vamos em frente, se você quer tanto. Ele me amava, diz para si mesma, e nunca duvidou disso, mas sabia que ele também amava poder realizar os sonhos dela – era só meu esse sonho?

O vestiário está vazio quando ela sai do box. Não consegue se ver no espelho embaçado.

Tudo bem com você e a Alice? Beatriz está de costas, lavando a louça acumulada dentro da pia. Ignora a pergunta da mãe. Mas Beth continua: ela ligou querendo saber de você, achei esquisito. Até parece que algum dia eu soube mais de você do que ela. Beatriz revira os olhos, não está com paciência para as ironias da mãe, que insiste: aconteceu alguma coisa? Beatriz pensa em Alice, que ela talvez não tivesse entendido que era sério – vá à merda, Alice, à m e r d a, deu pra entender? Nada, não aconteceu nada, diz, e não presta atenção quando Beth pergunta se ela já se inscreveu na hidroginástica, eu continuo pagando a sua mensalidade, aproveita, me disseram que as aulas do clube são ótimas. Move a cabeça no mesmo ritmo em que sacode o último prato lavado, ainda pensando na discussão com Alice: será que a raiva vai passar também dessa vez? Olha para o escorredor e, com o prato no ar, procura uma brecha no meio da pilha. E eu? Vou fazer de conta que não aconteceu nada, de novo? Já tinha se controlado para não estourar dois anos antes, na primeira vez em que questionou seriamente o prazo de validade daquela amizade de infância. Alice nunca tinha se interessado por política, sempre dizia: eu sei que você me acha alienada, e sou mesmo. Mas de uma hora para outra tinha virado quase uma militante de direita, repetia as bobagens que lia por cima, e brigava por elas, não é fake não senhora, afirmava coisas sem fundamento sem se dar ao trabalho de explicar nada, que provas, Beatriz? Tá mais que provado, você não lê os jornais? As ideias do marido agora eram dela e as defendia com uma convicção espantosa. Nessa fase inédita da amiga, Beatriz decidiu se fazer de desentendida, era o único modo de não brigar a sério, mas quando percebeu que estava no limite de mandar Alice à merda, desabafou com Cristiano: ela e ele são ridículos! Já não basta ter que ouvir aquela baboseira toda, os dois defendendo o indefensável, e ela ainda fica mandando essas fotos pra mim? Olha isso, os dois fantasiados de verde e amarelo, ainda bem que a gente não foi nesse maldito churrasco. Tento não ler os absurdos que ela posta nas redes sociais, mas minha vontade é bloquear a Alice, deletar da minha vida! Bia, deixa pra lá, isso vai passar, eles são nossos amigos, vão continuar sendo. Vão? Eu não sei se quero isso, tô falando sério, Cris. Tá bom, tá bom, eu vou dar um toque no João, daqui pra frente não se fala mais de política. Cristiano tentava contornar a situação, mas, dias depois dessa conversa, acabou dando razão a Beatriz, é melhor dar um tempo, nem eu ando aguentando os discursos inflamados do João.

Beatriz evitava Alice. Quando atendia as ligações era para dizer que estava ocupada, muito trabalho, sem tempo pra nada, dizia, sem chance de esticar a conversa. Foi o jeito que encontrou de mandar a amiga à merda sem dizer com todas as letras. Não queria criar problemas para Cristiano, que não tinha como evitar João no hospital. Enxuga as mãos no pano de prato e agora pensa naquela conversa estranha, Cristiano dizendo que não queria saber de política. Mas como assim? Você tem opinião pra tudo e agora me sai com essa? Não dá pra ficar em cima do muro o tempo todo, às vezes você me confunde, Cris, qual é a sua mesmo? Ah, Bia, vai querer fazer discurso pra cima de mim? Você tá ficando como a Alice, chata igual. E quer saber o que eu penso, quer mesmo? Tudo isso que tá acontecendo é fanfarrice, não vai mudar nada, a doença tá aí, mais ou menos grave, mas segue igual, o sistema todo é doente, no fim dá sempre na mesma, entende? Deu uma trégua, e nós, os pacientes, passamos um tempo acreditando, esperança faz bem, ajuda, mas o tumor sempre esteve lá, é assim que é.

Beth não está mais na cozinha, e Beatriz apoia o corpo na pia: e depois? O que eu disse depois disso? Não consegue lembrar. Quantas coisas eu nunca disse?, se pergunta, e a memória emenda em outra conversa: o João me pegou de jeito lá no hospital, é aniversário dele, querem comemorar com a gente, fazem questão. Acho que não vai dar pra escapar. Beatriz não disse, mas na hora teve certeza de que aquilo era ideia de Alice – ela sabia que Cristiano não teria como se esquivar, e que Beatriz teria arranjado uma desculpa se ela, Alice, tivesse telefonado para convidar. Que falem sozinhos, pensou, não vou me irritar. Foi o que aconteceu, mas não como ela tinha imaginado. Alice tinha esquecido, ou fingiu ter esquecido, do assunto; passou a noite descrevendo a viagem que ela e João fariam logo depois do Natal, os preparativos, todos os detalhes dos vinte e cinco dias que passariam na Tailândia, Camboja, Dubai. Beatriz ouvia sem dizer nada. Se dava conta de que tinha subestimado a superficialidade da amiga, que agora explicava como e por que tinha escolhido cada um dos resorts de luxo onde se hospedariam com a mesma paixão com que andava falando sobre o que era melhor para o país.

Teve vontade de dizer: você nunca esteve nesses hotéis, também não sabe nada sobre as pessoas que acusa nem sobre as que posam de heróis da pátria, você é uma idiota, como pode falar com tanta autoridade sobre o que não conhece? Mas apenas ouviu. E o que, antes, parecia inofensivo – futilidades que Beatriz escutava sem prestar atenção –, ali se revelou tóxico. Durante aquele jantar, teve aversão por Alice; o estômago embrulhando, o peixe não tá bom?, Cristiano estranhando os talheres cruzados sobre o prato intocado. Com as costas grudadas no encosto da cadeira, o corpo de Beatriz se encolhia como o de um ex-fumante que não suporta a fumaça do cigarro do outro; ela se distanciou da tempestade de palavras que brotavam da boca de Alice, uma névoa escura que se manteve densa durante meses. No ano seguinte, os encontros foram raros, sempre breves – o casamento do filho de um diretor do hospital, uma ou outra reunião nas casas de conhecidos. Alice agia como se nada tivesse mudado e, depois de semanas quase sem contato, restabelecia a intimidade em minutos, como se tivessem conversado no dia anterior. Não é possível você nunca ter tempo pra almoçar comigo, dizia, afetuosa. Beatriz prometia, eu te ligo na semana que vem, e sumia. Até que, numa manhã de novembro, se pegou rindo sozinha, desarmada pela mensagem carinhosa: saudade de você muita muita muita.

Agora se pergunta se teriam se tornado amigas se não tivessem crescido juntas. Talvez não, mas Alice ainda era a figura mais próxima da irmã que ela não teve, e foi na casa dela, em família, que Beatriz e Cristiano passaram a noite do dia 24 de dezembro daquele ano. Tudo correu bem, e ela teve certeza de que tinha que ser assim, não tão perto, não sempre, nunca mais íntimo. O carinho por Alice foi reaparecendo timidamente nesses encontros espaçados. É provável que não tivessem se reaproximado se naquele dia Alice não tivesse sido a primeira a chegar – no sábado em que o mundo desapareceu, foi nela que Beatriz se agarrou. Depois se deixou levar, abandonada, nada fazia sentido naqueles dias, e pouco a pouco Alice foi retomando o seu lugar, amorosa e abusiva. Até aquela discussão, dias antes: você podia ao menos ter ligado pra cancelar a consulta! Nossa, esqueci completamente... Pois é, você esqueceu e ele ficou preocupado, ligou pro João Pedro ontem, e depois falou comigo porque não tinha seu telefone, queria saber se você estava tomando os remédios, eu não tinha o que dizer, menti que você tinha viajado. Poxa, desculpe, Alice, mas ela logo cortou: tudo bem, esquece. Beatriz insistiu: não quis deixar vocês numa situação chata. Ele é amigo do João? Vou ligar, hoje mesmo, disse, tentando lembrar onde tinha guardado o cartão do psiquiatra. Não! Vai dar na cara que falei com você, fica viajando e pronto. Beatriz teve vontade de rir, mas se segurou, e aproveitou para mudar de assunto, pode ser que eu viaje mesmo, disse. Viajar, agora? Acho que vou pra San Isidro, se a médica liberar eu vou. Mas você não vai passar o Natal com a gente? Ainda tem quase um mês pro Natal, e nem sei se vai dar certo, vamos ver. Então, hoje tem reunião do grupo, quer vir comigo? Que grupo? O da oração, Bia, esqueceu disso também? Alice aproveita a indecisão de Beatriz e insiste: vamos juntas, passo aí lá pelas três. É que eu tenho que terminar um trabalho. Alice fica muda. Oi... você tá aí? Tô aqui sim, e entendi o recado, responde, seca. Mas é verdade! A Glória me passou uma tradução e... Eu não falei nada, e já entendi, a chata aqui entendeu. Então é o seguinte, no dia em que você quiser, se quiser, você me diz. Beatriz se enfurece de repente: então também é o seguinte, fica combinado sim, eu aviso, e antes que eu esqueça de mais uma coisa importante, falo já, vá à merda, Alice, à merda!

Beatriz, dá pra responder? E a hidroginástica?, pergunta a mãe voltando à cozinha. Já fiz três aulas. É mesmo? Você nem contou nada, e que tal? É bom, com esse calorão não dá pra andar no parque, bem melhor se exercitar na piscina. Que ótimo, então, e o que você vai fazer hoje? Tenho que terminar uma tradução. Tá precisando de dinheiro? Não. Nem sei se vou ganhar alguma coisa por esse trabalho, a Glória me convenceu a fazer, depois vamos ver se alguém se interessa e publica. Certo, quer dizer, mais ou menos, acho esquisito trabalhar de graça, enfim, vocês devem saber o que fazem, imagino. Mas você... me pediria, se precisasse? Do quê? De dinheiro. Claro, não precisa se preocupar, acho até que nunca tive tanto dinheiro. Pelo menos isso, diz Beth, abrindo o armário, onde você guarda o espremedor? Pelo menos isso, pensa Beatriz, a raiva ali outra vez, da mãe, dele. Você tem um espremedor? Embaixo da pia, acho. Vou fazer suco de laranja pra nós, tudo bem? Acho que não tem laranja. Eu trouxe. Beatriz puxa uma das cadeiras e se abana com um caderno que tinha deixado em cima da mesa. Observa o corpo da mãe, de costas: a curva da cintura, pernas firmes, a coluna levemente inclinada, a mão pressionando metade de uma laranja no bocal do espremedor; parece uma mulher da minha idade, pensa, e diz: você tá muito elegante. Beth se vira, os olhos arregalados, é mesmo? Vindo de você é um elogio e tanto! Como vão as coisas com o Carlos? A mãe fica surpresa de novo, Beatriz nunca pergunta dele. Tudo bem, diz, você sabe, casamento, dias bons e dias sem graça nenhuma. Beth se aproxima com dois copos de suco, senta ao lado da filha, antes de beber ajeita os colares que tinham enroscado na gola da camisa. Queria te perguntar, essa sua médica, você confia nela? Beatriz segura o copo perto da boca, que pergunta é essa?, pensa, mas diz: confio, claro, e logo em seguida emenda: ah, entendi... a história do tal doutor sei lá quem. Humberto, diz Beth, doutor Humberto... Mas não é isso. O que é então? A mãe se mexe na cadeira. Queria saber se você se incomoda se eu marcar uma consulta com ela. O rosto de Beatriz desenha a desconfiança, a minha médica? A troco do que ela quer se consultar com a minha médica? Mas diz claro que não, por que eu me incomodaria?, tentando não se mostrar reticente. Mas você já não tem um ginecologista? Tenho, ou melhor, tinha. Beth parece desconfortável, tira os colares, abre mais um botão da camisa, desvia o olhar para além de Beatriz, sentada na sua frente. Não vou voltar lá, diz, o rosto de repente envelhecido pela teia de rugas finas em volta da boca, linhas profundas atravessando a testa, o pescoço denunciando a idade – agora é para uma mulher de sessenta e oito anos que Beatriz está olhando. Aconteceu alguma coisa? Beth se torce, baixa os olhos. Aconteceu? Bobagem minha, Beatriz, só quero o telefone da sua médica, se for tudo bem pra você, claro. Preciso fazer mamografia, essas coisas. Se é bobagem, por que você não fala? Beatriz nunca comentou com a mãe sobre sua médica ser especialista em mama, mas agora pensa nisso e fica assustada: o médico suspeitou de alguma coisa e você tá querendo uma segunda opinião? Não é nada disso, tá tudo certo com a minha saúde. Beatriz encara a mãe, o que é então? Beth afasta o copo de suco, estende os braços sobre a mesa, passa uma mão sobre a outra. É que... Bem, não sei. Não gostei de uma coisa. Que coisa? Deve ser bobagem minha. Pode ter sido uma impressão errada, não sei. Foi a primeira consulta nesse médico, vai ver ele não teve intenção de... Do que? Ah, deixa pra lá! Beatriz coloca uma mão sobre as mãos de Beth, que abaixa ainda mais o rosto e começa a chorar. Mãe! O que aconteceu? Mal consegue ouvir: desculpe, diz a voz embaraçada na garganta, desculpe, repete, num sussurro que se prolonga. Beatriz não sabe o que fazer: calma, fica calma, toma suco, quer água? Vou pegar um copo de... Não precisa, desculpe... Para de pedir desculpas! Beth se aquieta, pega o guardanapo de papel que a filha puxa de uma gaveta do armário. É que... é coisa minha, diz, enxugando os olhos. Beatriz solta os ombros, cruza as mãos no colo segurando a barriga, as pernas ligeiramente abertas. Beth silencia um instante, à procura das palavras. Eu era mocinha. Namorava o seu pai. Nós já dormíamos juntos antes de casar, sabe? Minha mãe nem sonhava com isso, e se sonhava, preferia fazer de conta que não percebia nada... Enfim. Quando comecei a ter relações, fui a um ginecologista, eu precisava usar algum anticoncepcional e... Bem, acabei indo ao médico da mãe de uma amiga, ela se tratava com ele há muitos anos. Respira fundo antes de continuar. E era bem-conceituado, muito conhecido inclusive. Naquela época a gente ficava sozinha com o médico na sala de exame, era normal, eu não podia imaginar... Beth se interrompe de novo, Beatriz quer perguntar: o que ele fez?, mas se segura, tenta encorajá-la com um movimento mínimo da cabeça. Ele... eu... É que eu me queixei, sentia muita dor nos seios antes da menstruação, sabe? Meu peito ficava inchado e tão sensível, até o sutiã incomodava. E ele... É quase um murmúrio: Beth agora está falando tão baixo que Beatriz tem que chegar muito perto. Sem que eu esperasse, do nada, ele... ele começou a sugar meu peito. Como é que é?, Beatriz se ouve perguntando. Com os braços cruzados, as mãos apertando as mamas, Beth recomeça a chorar, mas fala: ele ficou mexendo, como se fosse uma massagem, entende?, massageava minhas tetas, primeiro uma, depois a outra, massageava e chupava, daí me mostrava o líquido que saía, um líquido transparente, e dizia, pede pro seu namorado fazer isso, vai doer menos, e eu lá, sem saber o que fazer, sem entender o que estava acontecendo. Nossa, mãe, que filho da puta! Pois é, isso mesmo, um filho da puta. E você não enfiou a mão na cara dele? Eu não... não fiz nada. Fiquei sem reação. Foi uma coisa horrível e estranha, mas eu era tonta, juro, juro que não sabia se aquilo era normal, se os médicos faziam esse tipo de coisa, ele era o médico da mãe da minha amiga, entende? Na hora eu não achei, mas depois, sim, depois eu entendi que ele se aproveitou mesmo, ele sabia que eu não ia falar nada com ninguém, a mãe da minha amiga ia imaginar que a filha dela também se consultava com alguém às escondidas. E, sabe, naquele tempo a gente não falava essas coisas. Além disso, fiquei morrendo de vergonha, achando que a culpa era minha. Que eu podia ter passado uma ideia errada. E o que você fez? Quando ele parou, o que você fez? Não fiz. Me vesti, paguei a consulta, nunca mais voltei lá e tentei enterrar essa história. Nunca contei pra ninguém. Nem pro papai? De jeito nenhum! E se ele pensasse que eu tinha dado trela pro médico? Ele nunca ia pensar isso. Eu tinha dezessete anos, Beatriz, estava envergonhadíssima. Mas, e agora? O que aconteceu com esse outro médico? Você disse que não quer voltar lá, o que ele fez? De verdade não fez nada, e nem sei se ele estava pensando em fazer, pode ter sido só uma cisma minha, não gostei do modo como ele me olhou, me apalpando lá dentro de um jeito... um jeito esquisito, você sabe, a gente sabe, não é? E bem na hora em que a assistente estava de costas. Ah, mãe, a gente tem que denunciar esse cara! Há quanto tempo você se consulta com ele? Denunciar? Não, nada disso, não aconteceu nada, só que eu me senti mal. E foi a primeira consulta com ele, primeira e última! Por isso resolvi mudar de novo. Depois daquela experiência horrorosa, eu nunca mais tinha me consultado com um homem, nem sei quantos anos me tratei com a Esther, décadas! Mas agora, enfim, depois que ela morreu, achei que tudo bem, afinal, já não sou nenhuma jovenzinha irresistível. Daí marquei com esse ginecologista, o doutor... Humberto. Beatriz engasga já rindo: quem? E Beth também ri, pois é, o próprio, o médico que minhas amigas vivem recomendando. É o famosão que você queria marcar pra mim? Esse mesmo, e Beatriz explode numa gargalhada, e duas gargalhadas se misturam, ruidosas, chacoalhando os corpos, os olhos de Beth borrados de rímel, os olhos de Beatriz lacrimejando de tanto rir, ainda sem ver direito a mãe que ela não conhecia.

hoje eu disse mãe.
mais de uma vez: mãe
saiu antes da minha voz: mãe
a palavra mãe
eu disse o que essa palavra é
o que a palavra mãe faz a gente sentir
o que todo mundo sente às vezes
quando diz mãe

(é você aqui dentro me dizendo essas coisas?)
eu não sei se já me sinto mãe
(me perdoa?)
um dia você vai me chamar: mãe
e eu vou saber quando você disser a palavra mãe
como eu disse hoje
                    depois de tanto tempo
eu disse mãe.

26ª semana

Ela ainda tem telefone fixo. Por causa do pai. Às vezes se falam por Skype, mas Nestor só liga o computador quando Beatriz marca uma hora para chamá-lo; o alô de quase todos os dias ele prefere que seja assim, por qué voy a usar el celular si estoy en casa?

Costumava ligar sempre perto das seis da tarde, e naquela manhã, quando o aparelho tocou cedinho, Beatriz não esperava ouvir outra voz que não fosse a de um operador de telemarketing. Corazón? Papá? Te desperté? No, me desperté hace tiempo, todo bien?, pergunta, sem se dar conta de que está falando em espanhol. Quando Beatriz era pequena, Nestor fazia questão de só falar em espanhol com a filha, apesar da reclamação da mulher, que se dizia excluída: y no es bueno que la niña ya aprenda el idioma? Beth, porém, se recusava a aprender, e Nestor, querendo dar conta de tudo, passou a se expressar cada vez mais numa língua híbrida, espécie de português com forte acento portenho e gesticulação italiana, pois quando não encontrava no seu repertório uma palavra que definisse o que estava sentindo ou querendo dizer em espanhol, recorria à mímica. O português prevaleceu na casa materna, mas foi na língua do pai que Beatriz se hospedou quando resolveu ser tradutora. Todo bien, pero quiero saber si ya hablaste con tu médica. Na próxima consulta, papá, mas acho que não vai ter problema, não vejo a hora de estar aí com vocês.

Não se encontram desde agosto. Nestor comprou passagens assim que soube da notícia da morte de Cristiano, mas não conseguiu chegar a tempo para o enterro no domingo de manhã; João Pedro, o primeiro a saber, avisado pelo zelador do prédio onde os dois tinham consultório, havia tomado providências para que tudo terminasse o mais rápido possível. Nestor acabou embarcando no domingo à noite, e quando saiu do aeroporto foi direto ao encontro da filha, na casa da ex-mulher. Dormiu na casa da filha nas duas semanas seguintes e só voltou para San Isidro porque Beatriz insistiu dizendo que queria ficar sozinha. Desde então telefona quase todos os dias. Te estoy preparando una sorpresa. Ah, papá, surpresa não, diz logo o que é. Solo cuando llegues acá. Ainda não sei o dia, quero ir antes do Natal, tomara que dê certo... Quién sabe vamos hasta la playa, aquel hotel que te gusta, en Cariló, te acordás? O nos quedamos aquí mismo, Bea, a la hora decidimos! Combinado, papá, vou cuidar de tudo e te aviso.

Já queria ter falado com a médica, agora se inquieta: e se ela desaconselhar a viagem? Roda a lista da agenda, clica no número do consultório e logo descobre que não será tão fácil antecipar a consulta de dezembro, vou tentar um encaixe, quem sabe alguém desmarca, diz a assistente, fim de ano é complicado, sempre uma correria, e enquanto ela fala, Beatriz pensa no avião: fim de ano, voos lotados, onde eu tô com a cabeça que ainda não vi nada? Não quer passar o Natal em casa, nem que seja pra viajar no dia 24 à meia-noite, eu vou, e abre o computador, pesquisa um, dois, três sites, simula datas de ida e volta e finalmente consegue marcar, 20 de dezembro e 13 de janeiro, pagando quase o dobro do que costuma gastar para ir a Buenos Aires. Só quando acaba de preencher os dados do cartão de crédito, lembra de olhar o calendário; conta as semanas até 13 de janeiro, 31ª, 32ª..., nossa, no comecinho do oitavo mês, e de repente se assusta, não com a possibilidade de não poder embarcar, mas com a notícia do tempo passando rápido demais.

Prepara um chá de hortelã e vai para o escritório repassar mais uma vez o texto que ficou de enviar para Glória ainda hoje. Cada vez que relê a tradução, volta ao original, experimenta palavras novas, para quando a leitura em voz alta tropeça em algum trecho; tinha escolhido moleza para dar a ideia de flojera, mas agora fica em dúvida – não é bem isso, também não é sono... Leseira? Não, nada a ver com criança... Preguiça? É, pode ser preguiça, e troca: às vezes o Silêncio não fala porque está com preguiça. Testa o som, compara com o ritmo do original, gosta do efeito. Trabalha frase por frase buscando a intenção por trás das palavras e as escolhe pensando no que as crianças conhecem, as palavras que usam para nomear o mundo, imagina palavras-paisagem, que se abram como janelas... Será preguiça mesmo? Me gustaría preguntarle, pero no quiero que cierre la puerta en mi cara y que se quede totalmente callado, lê e se diverte com o personagem que fala com ela, ainda não muito convencida de ter conseguido recriar todos os sentidos do original. Avança: Silencio está lleno de misterios y secretos, e de novo para, e eu que achei que seria fácil... Nunca tinha traduzido literatura infantil, e agora percebe que, além das dificuldades de sempre – intermediar a língua, transportar contextos –, tem que pensar nos códigos de um universo que ela desconhece. Você vai me ensinar? Espera que o bebê responda com um chute. Você tá dormindo? Tá tudo bem? A-ha, silêncio aí dentro também, entendi. Toma um gole do chá, que esfriou, esquecido na xícara – será que eu vou conseguir adivinhar o que você sente sem ter que perguntar? E você? Será que já entende o que eu sinto? Entende por que eu não canto pra você, por que eu não consigo cantar nem mesmo pra você? Chacoalha a cabeça como se assim afastasse a poeira de tristeza que se aproxima, se força a voltar para o livro, às questões que precisa resolver. As crianças vão enxergar todas as cores debaixo de cada tom? Refaz o texto como se pintasse paredes, observa as palavras, uma por uma, analisa as nuances e a mistura única que emerge a cada momento, palavra sobre palavra, camadas de significados se sobrepondo com leveza para transbordar a imaginação sem manchar a última demão de tinta. Sempre é difícil, e ela investiga tudo uma última vez, así se ve al Silencio, mas de repente se afasta do livro com uma frase na cabeça, Silencio está lleno de misterios y secretos, e levanta num salto, empurrada pelo que reverbera em outro lugar. A frase-chave que guarda todos os segredos vai com ela até o quarto, procura o caderno que tinha ficado na cama e se encaixa naquelas páginas.

Beatriz fica cara a cara com o Silêncio, uma sombra entre as palavras que ela e Cristiano não disseram.

seis dias antes era domingo e você estava chegando de Houston. ainda não tinha clareado quando consultei o site da companhia, seu voo seguia sem atrasos, tudo dentro do previsto. a caminho do aeroporto, fui pensando em como contaria, estamos grávidos, dessa vez deu certo, vamos ter um bebê... talvez nem fosse preciso falar, você descobriria quando olhasse pra mim. mas você me abraçou, abatido, reclamando de tudo, seu ar cansado me disse pra guardar a surpresa pra mais tarde. você parecia exausto, não contou nada do congresso, cochilou o tempo todo no caminho de volta e foi direto pro chuveiro quando chegamos em casa. adormeceu em seguida, e eu, acordada, fiquei ouvindo os rumores do seu corpo, pensando que a gente ia transar depois. já era fim de tarde quando você acordou, nosso almoço virando jantar, minha ansiedade refazendo planos e você, enjoado, culpando o frango do avião, fazendo careta pro chá, voltando pra cama enquanto eu engolia a frustração. queria tanto contar, mas não, não era pra ser assim.

cinco dias antes era segunda-feira e você já estava acabando de se vestir quando acordei.
o beijo no ar, e eu, na cama, ainda sonada, sem entender aquela pressa, você nunca marcava cirurgia às segundas, menos ainda depois de uma viagem. não deu tempo de perguntar nada, você já saindo, e quando anoiteceu mandei uma mensagem cheia de saudade, planejando deixar o resultado do exame em cima do seu travesseiro. mas o envelope que guardava o teste da farmácia não saiu da gaveta. você chegou tão quieto, e quando perguntei o que estava acontecendo, disse que o dia tinha sido muito agitado. durante o jantar, perguntei outra vez e você desconversou, a viagem cansativa, muita correria por lá, os problemas daqui, e não, preferi não falar da coisa mais linda e importante das nossas vidas naquela hora.

na madrugada do quarto dia era quase terça-feira e você estava sentado na cama quando levantei pra ir ao banheiro. antes de ter tempo de raciocinar e perguntar o que você estava fazendo acordado àquela hora, foi você quem perguntou, estranhando a minha urgência de xixi. achei que você tinha desconfiado, fiquei esperando perguntas. voltei correndo pro quarto mas você já estava debaixo das cobertas, os olhos fechados, e seu corpo não se moveu quando me encaixei em você. pensei em te acordar com beijos barulhentos contando tudo. mas não quis voltar atrás do que tinha decidido naquela tarde. a pousada tinha mandado um e-mail confirmando a reserva, nosso quarto estava ok, e teríamos o final de semana inteirinho pra comemorar.

três dias antes era quarta-feira e despertei com sua mão acariciando meu sexo, a boca quente na minha nuca, seu corpo rolando debaixo do lençol, num instante você dentro de mim. um gozo ansioso, beijei as palavras que pediam desculpas, acho que tô ficando velho, amor, você disse, e não fui capaz de ouvir a penumbra cobrindo a voz, você já de pé, sumindo atrás da porta do banheiro. não jantamos juntos, Glória tinha me chamado pra festejar o lançamento do livro dela, e quando cheguei, pouco antes da meia-noite, encontrei você na cozinha, de pé, tomando chá. eu não tinha comido quase nada, estava enjoada, então preparei um chá pra mim também, pensando, quem sabe uma brecha no meio de uma frase e eu diria, vamos ter um bebê, como se fosse só mais uma novidade daquele dia, e então você precisaria de um segundo, talvez dois, o que você disse?, vamos ter um bebê, eu repetiria, e agora já não seria apenas uma frase, mas a alegria tomando a forma das palavras, a gente se abraçando no meio dessa alegria. mas enquanto eu imaginava tudo isso você já estava de costas, colocando a xícara no canto da pia, o rosto encoberto pelo que parecia ser sono, todos os gestos me dizendo não e me fazendo segurar a ansiedade uma vez mais.

dois dias antes era quinta-feira e você chegou cedo, eu estava trabalhando. conversamos sobre as coisas de sempre, perguntei sobre o seu dia torcendo pra que você também perguntasse do meu. eu tinha ido à ginecologista e confirmado o resultado do teste de farmácia; agora era oficial, sete semanas, pelos cálculos da médica. eu estava tão, tão radiante, achei que você acabaria lendo a palavra positivo nos meus olhos. mas não. você estava tranquilo, parecia relaxado como se finalmente tivesse chegado de viagem. só depois eu acabaria descobrindo que naquela tarde você tinha ido aos bancos fechar contas, transferido valores pro meu nome, e talvez nesse mesmo dia você tenha organizado todos os papéis que eu poderia precisar, documentos, seguro de vida, as senhas importantes, tudo dentro de uma pasta azul sanfonada.

um dia antes era sexta-feira e você chegou à noitinha. tão abatido.
não quis sair, e eu não tinha preparado nada, às sextas a gente sempre saía pra comer em algum restaurante. acho que é enxaqueca, você disse, e mal tocou na carne que descongelei às pressas. enquanto eu tocava a palidez do seu rosto, você me afastou com delicadeza, será gripe? e perguntei se você achava melhor cancelar a praia. de jeito nenhum, você disse, não vamos cancelar nada... a voz de repente tão firme, sem eco de dúvida, nenhuma hesitação, e a minha estúpida felicidade, ouvindo a única resposta que fazia sentido naquele momento. mas, como? como eu podia imaginar o que estava acontecendo?

o dia em que você se matou era sábado.
o zelador ouviu o disparo um pouco antes das sete da manhã. o barulho seco ecoou pelos andares vazios do prédio, todos os

consultórios fechados, menos o seu, como ele descobriria logo depois, o nervosismo do porteiro da noite contando que o carro do doutor Cristiano tinha entrado na garagem há coisa de meia hora. não sei a que horas você saiu de casa naquele dia. eram 6h40 quando olhei no relógio do celular, logo depois de acordar sozinha na cama. talvez você estivesse engatilhando o revólver naquele exato minuto, nada me fez pensar que você tinha saído, achei que você estava na cozinha ou checando o carro antes de pegar a estrada, e me levantei, bobamente feliz, procurando você pela casa.

uma única bala deflagrada, duas balas intactas no tambor, uma Taurus calibre 38.

no relatório policial descubro que você tinha uma arma. eu nunca soube. na primeira gaveta da sua mesa, os resultados dos exames que você tinha feito aqui e os que fez em Houston; na segunda, a pasta azul sanfonada com a etiqueta "para Beatriz" colada do lado de fora. tudo o que eu não sabia.

o que mais? quantas coisas de você eu nunca soube?
o que eu faço agora com o que não tenho mais como saber?
foi pra me poupar, por isso não contou nada? ou foi medo de fraquejar? eu teria conseguido fazer com que você desistisse se...? o bebê. se não por mim, você mudaria de ideia por causa dele? eu não disse, esperei tanto querendo fazer surpresa, dessa vez queria ser eu fazendo surpresa, e não disse, e tudo o que não dissemos... teria sido diferente?

uma carta, como procurei.
nem um bilhete, nenhuma mensagem.

você só me deixou perguntas.
você me deixou só.
você me deixou.

Cristiano ia fazer aniversário. Quarenta e nove anos, dois dias depois do suicídio.

Eufórica com a gravidez, ela quase tinha se esquecido do presente, na última hora comprou o único livro de Oliver Sacks que ele ainda não tinha e colocou na mochila que levaria para a praia. Ele não lia romances; gostava de relatos clínicos e, de vez em quando, biografias. Não era com ele que Beatriz falava sobre literatura, nada além de comentários banais sobre um livro que estivesse lendo. Também não era ele a primeira pessoa em quem pensava quando queria conversar sobre uma dúvida nas suas traduções. Mas era nele que buscava apoio e descobria uma visão inesperadamente clara quando não conseguia lidar com a mãe, com Alice; e também nos relacionamentos profissionais, era com Cristiano que discutia os problemas que surgiam envolvendo gente que ele nem conhecia – tinha o que ela chamava de olhar cirúrgico, brincando com o modo como ele conseguia extrair o que estava errado e a ajudava a enxergar melhor a situação. A insegurança dela, que às vezes a assaltava com a timidez da infância, desaparecia quando se abraçavam. Ela amava essa força, se sentia protegida. E amava o corpo dele, cada parte do corpo dele. Sente falta dos pés enroscando nos dela debaixo da mesa na hora do jantar; o peso da cabeça dele tombando sonolenta sobre a dela na frente da tevê; o nariz ossudo que gostava de se esfregar no seu pescoço; o ruído dos dedos que ele tinha mania de estalar; sente falta da barriga macia que ele tentava encolher quando percebia que ela estava olhando; do beliscão que dava nas costas dele para que se endireitasse; dos olhos brilhando desejo sobre o corpo dela. A saudade de Beatriz tem corpo.

Ela não vai ao cemitério. Não voltou desde o enterro, e provavelmente nunca irá. Não quer ler o nome dele numa pedra, imaginar o corpo que ela amava tanto se decompondo dentro de uma caixa, o rosto desfigurado pelo tiro. Não fala disso com ninguém, mas desde o primeiro instante escuta a palavra suicídio no silêncio das pessoas, adivinha as perguntas, as mesmas que Alice fez sem pensar no que provocava: você não notou nada? nenhuma mudança no comportamento dele? O que você tá querendo dizer? Que eu devia ter percebido, que eu podia ter evitado? Você tá me cobrando? Pelo amor de deus, Beatriz, claro que não, eu só... Você só podia calar a boca! Eu não falei por mal, me desculpa, por favor, me perdoa. As pessoas mais próximas não sabiam como agir. Ninguém entendia. Cristiano lidava com a doença todos os dias; não parecia razoável não ter sequer tentado se tratar, por menores que fossem as chances. Olhavam para ela em busca de indícios: ele era depressivo, será que tomava remédios? O que só ela sabia? Beatriz não sabia, e é isso o que ela procura agora, o caderno ainda aberto no colo – exames, armas, suicídio –, as palavras girando no silêncio dentro dela: tudo o que ele não me disse, e do que disse, o que eu não ouvi?

Ele falava pouco, evitava o passado. Ainda estavam se conhecendo, e Beatriz fazia perguntas, queria saber todas as coisas, o primeiro casamento, por que não tinha dado certo? Cristiano era evasivo, resumia as experiências em tom de brincadeira: casar com uma médica não foi uma boa ideia, a gente mal se encontrava, os horários malucos, os meus e os dela, e muitos jovens, nós dois, recém-formados, focados na carreira. Vocês não chegaram a pensar em filhos? Bia, eu era moleque, trinta anos. Ela tinha vinte e nove. Mas não pensaram? Eu não, e, naquela época, acho que ela também não. A Érica engravidou bem depois, ela já tava casada com o português fazia tempo. Mas como o casamento de vocês terminou? Terminou, Bia, só isso, não teve briga, nenhum dramalhão, uma hora deixou de fazer sentido e a gente se separou. Nossa, tudo assim simples e civilizado. Você não sofreu? Acho que eu sofri mais pra reconhecer que não tava funcionando. Não lido bem com fracassos, sei lá se alguém consegue, mas eu não. E será que a gente precisa sofrer pra fazer as coisas valerem a pena?

Também não sabia quase nada das mulheres que ele tinha namorado depois da separação. Nenhuma delas foi importante, dizia. Mas você chegou a morar com a... Como era mesmo o nome dela... Lúcia? Nossa, a Lúcia! Eu falei dela pra você? Claro, como eu ia saber? É verdade, nós moramos juntos, mas não durou nada, meses, acho, e não foi exatamente uma decisão minha. Ela foi se instalando e eu fui deixando, de certa forma era cômodo pra mim. Cômodo? É, Bia, cômodo, confortável, sei lá, você e as palavras! Eu nunca me apaixonei pela Lúcia, se é o que você quer saber. Ela era divertida, ótima companhia, a gente se dava bem, e, quando as coisas mudaram, acabou. Que coisas mudaram? Ela teve a péssima ideia de me pedir em casamento. Depois disso, ficou esquisito... Por motivos diferentes, a história perdeu a graça pra nós dois.

Beatriz se escuta de novo, quer ouvir o que não tinha como compreender antes – as coisas mudaram, acabou –, outros sentidos para as mesmas palavras – será que a gente precisa sofrer pra fazer as coisas valerem a pena? –, repete para si mesma o que pouco a pouco se encaixa em tudo e parece traduzir Cristiano – a doença dá uma trégua, uma esperança, mas volta, sempre volta –, suas atitudes, até o fim. E já no início, a conversa na praia: quantos anos você tinha quando sua mãe morreu? Dezessete. Mas ela começou a morrer quando descobriram o câncer, eu tinha quinze. Estavam saindo há seis, sete meses, ele falava pouco sobre a família, os pais tinham morrido há muito tempo, e mal conhecia o único tio, irmão da mãe, que vivia em Berlim. E o seu pai? Deve ter sido duro pra ele também. Meu pai, coitado, ele aguentou o tranco, ficou firme enquanto estava acontecendo. Cuidou dela o tempo todo, cuidou de mim também, do jeito dele, e depois... Parecia que as coisas iam bem, mas era muita solidão, não sei. Ele enfrentou uma depressão braba. Eu ainda tava fazendo residência. Cristiano falava devagar, os olhos cravados no mar escuro, os dois sentados lado a lado na areia. Ele também adoeceu? Não. E então ficou quieto, o barulho das ondas pesando sobre eles. Beatriz procurava o que dizer quando de repente ele voltou a falar: foi rápido. Coração? Ele foi atropelado. Nossa! O motorista tentou socorrer, mas não deu tempo, ele morreu na ambulância. Beatriz virou o corpo, se enfiou no peito dele. Cristiano não se moveu; falava como se ela não estivesse ali, nunca entendi o que ele tava fazendo naquele lugar, a pé, no meio da tarde... Nunca descobri pra onde ele tava indo. Ele sempre saía de carro, e o carro tava na garagem, sabe? O cara que atropelou tava em choque quando eu cheguei no hospital, ficava repetindo que ele tinha aparecido do nada.

Cristiano nunca mais tocou no assunto. Em outros dias, contou coisas da infância, lembrava da mãe e do pai com carinho, do que faziam e do que era bom. Beatriz respeitou o silêncio dele, imaginava que era muito doloroso falar, o esforço para não lembrar, para continuar não lembrando – de que outro jeito se consegue seguir depois de uma tragédia dessas?, era o que ela se dizia, olhando para a imagem que via nele, o homem forte, que amava a vida e não demonstrava nenhuma amargura mesmo depois de todas essas perdas terríveis. Beatriz acreditou nisso. Tinha preferido acreditar e não ouvir – quando as coisas mudam – as palavras que sempre estiveram lá – tudo acaba –, no mar escuro de Cristiano.

27ª semana

De onde está, ela consegue ver o temporal. A tarde tinha escurecido, e agora uma chuva de granizo ricocheteia na vitrine e na porta de vidro da livraria. Sentada numa poltrona ao lado de uma pilha de livros, Beatriz olha para a rua, meio inquieta. Quando criança, tinha medo das tempestades, corria para o colo do pai, ya va a pasar, Bea, tapando os ouvidos para abafar o estrondo dos trovões. Um medo infantil que cresceu com ela e sempre voltava, por mais que Cristiano tentasse explicar que doses extras de adrenalina e cortisol inundam o cérebro toda vez que a experiência se repete – e daí?, ela dizia, saber disso não ajuda a não sentir o que eu sinto! Nos piores dias, a ansiedade desabava sobre Beatriz em chuva de pensamentos sombrios, o pavor do terrível que aconteceria a qualquer momento. Por isso agora ela fica alerta, à espera daquele medo, mas a tempestade passa e o céu vai clareando aos poucos, e aos poucos ela relaxa, levanta, pega um dos livros à mostra em cima de uma mesa larga. Passa os olhos em outros livros sem prestar atenção em nada; palavras soltas circulam dentro da cabeça, medo, adrenalina, cortisol, formam ideias, química do medo, medo invisível, constroem paisagens: um céu azul, a tempestade silenciosa levam Beatriz para outro lugar, e é de lá que ela volta, ouvindo: já leu esse? é ótimo, eu amei, o primeiro parágrafo é impactante.

Só então vê uma mulher ao seu lado e se dá conta de que ainda está segurando um livro. Não quer conversar com a mulher, então responde com um sorriso que não abre a promessa de continuação; nem sabe por que está com aquele livro na mão, tinha se interessado por algum motivo – o nome do autor, a imagem na capa –, mas quer descobrir sozinha; percebe que a mulher está louca para conversar, se tiver chance vai contar detalhes do enredo, roubar o que Beatriz mais preza como leitora – abrir um livro por acaso, ler a orelha e se arriscar numa história desconhecida. Se afasta sem pressa, pega outros dois livros e vai para o café da livraria. Ainda é cedo, Glória tinha marcado às quatro, e Paula sempre atrasava. Senta numa mesa de canto, abre no primeiro capítulo do livro que a mulher tinha indicado com tanto entusiasmo, não se impressiona com o começo. Passa para o outro, mas também não se envolve com a leitura, e de repente fica apreensiva pensando em Paula. Não se viam desde o dia do enterro, e não quer falar sobre o que tinha acontecido no velório, a confusão que a amiga acabou armando quando resolveu espalhar a história da morte súbita. Capaz de ela querer se desculpar de novo, ah, não, por favor, não. Naquele dia, não conseguiu falar nada quando Paula tentou se justificar. Não entendeu por que Alice tinha puxado Paula num canto, percebeu que as duas discutiam, mas estava atordoada demais naquela hora. Nada é muito claro, uma reprise de cenas aleatórias, mas tem quase certeza de que Paula não estava no funeral, Glória, sim, sozinha, olhando para ela o tempo todo. Dias depois, quando Alice falou da discussão, Beatriz entendeu: a troco do quê sua amiga foi inventar um infarto? Coisa mais sem cabimento! Já não bastava aquela fofoca toda? Não teve energia para defender Paula, ela provavelmente tinha agido num impulso e com a melhor das intenções. Talvez Alice até tivesse razão, mas Beatriz não quis dar trela para o ciuminho bobo que se escondia atrás de toda aquela indignação. A verdade é que não tinha sido uma boa ideia. A versão da morte súbita não convenceu ninguém, só aumentou o volume dos cochichos que circulavam pela sala, inflamando o diz-que-diz com as especulações sobre como, onde e por que Cristiano tinha se matado. Beatriz não quer falar disso, não quer voltar àquele dia, o caixão fechado, o rosto de Cristiano que ela não pode ver, o horror das imagens que buscou e viu, dias e noites, movida por uma busca mórbida, três palavras no Google: suicídio arma cabeça, 4.220.000 resultados, oito pesquisas relacionadas: porque tiro na cabeça é fatal, Kurt Cobain, como dar um tiro na cabeça, tiro na cabeça morte instantânea, transplante de rosto, e, em cada um dos links, milhares, milhões de páginas, imagens, reportagens, histórias, explicações, o que acontece quando o projétil penetra na cabeça (...) resultante da força do impacto a arma desprende-se da mão do suicida (...) os métodos mais definitivos e violentos (...) mais especificamente entre os dois olhos (...) quando a bala atravessa o córtex pré-frontal (...) ondas de choque atingem os tecidos, e não, Beatriz nunca mais quer pensar nisso.

As três tinham almoçado juntas meses antes, na quinta-feira da semana em que Cristiano estava viajando. Beatriz não conseguia parar quieta na cadeira, excitada feito criança fazendo suspense antes de contar que tinha feito o teste de farmácia naquela manhã. E...? A ansiedade de Glória exposta no garfo e na faca bobos no ar: e daí apareceu uma linha azulada, meio clarinha, mas... Acho que sim, acho que tô grávida!, o riso nervoso segurando a alegria que Beatriz tinha medo de sentir, será que dá pra confiar? Claro que é, se a segunda linha apareceu, é positivo! Se não tivesse hormônio no xixi, não ia aparecer nada, é certeza. Glória entendia do assunto, tinha uma experiência sofrida de resultados negativos, tratamentos, anos tentando engravidar e dois abortos espontâneos antes da 10ª semana de gestação. É irônico, né? Sem entender o que Paula estava dizendo, as duas olharam para ela ao mesmo tempo: o meu teste não deixou nenhuma dúvida, continuou, uma linha azul perfeita, um perfeito desastre, isso sim. E a culpa é toda minha, achei que não ia acontecer mais, a gente não trepava nem sei desde quando, parei com a pílula faz meses. Claro que devia ter tomado no dia seguinte, mas não tomei, de verdade nem pensei nisso. E ele, você já contou? Quem sabe agora... Glória, me poupe, quem sabe agora o quê? Pra quê? Tá mais que decidido, a gente vai se separar, nós dois queremos. Tá tudo resolvido, esse problema acaba na sexta-feira.

Glória abaixou os olhos, como se procurasse palavras no colo. Beatriz esticou o braço direito por cima da mesa, apertou a mão de Paula e buscou a de Glória, do seu lado, abandonada debaixo do guardanapo.

Pede um café e olha para o casal na mesa em frente, jovens, namorados talvez, ou quem sabe não; ele, mais interessado no que está teclando no celular, ela folheia um livro de fotografias, distraída, os olhos fugindo para o balcão de doces entre uma página e outra. Ao lado deles, dois homens conversam sem se olhar, os rostos iluminados por uma planilha com números, a tela de Excel que Beatriz vê de longe. Simpatiza mais com o garoto sentado no canto, perto do banheiro, a mesa cheia de livros e ele tentando equilibrar um caderno sobre os joelhos enquanto escreve. Beatriz costumava escrever em cafés de livrarias, a proximidade dos livros cochichando ideias, as conversas ao redor com pedaços de frases que chegavam de graça dando sentido ao acaso, as pausas para mais um café, o tempo da escrita enganando o tempo do relógio. Nos dias bons, o texto fluía rápido, como se alguém estivesse ditando e ela obedecesse sem levantar os olhos. Mesmo nos dias em branco, quando não conseguia escrever nada, era bom estar ali, com tempo para procurar o que ainda não estava aparecendo no papel. Continua olhando para o garoto que escreve sem parar e sente um buraco no estômago – está sentada no café da livraria sem o caderno, nem um bloquinho dentro da bolsa. Nos últimos meses só tinha escrito frases, pensamentos, cartas que Cristiano nunca vai ler.

A garçonete se aproxima da mesa dos jovens trazendo bolo de chocolate com uma bola de sorvete verde. Os olhos da garota brilham de gula, e Beatriz pega o cardápio; ainda não tinha olhado, fica com vontade de pedir o mesmo bolo, ou torta de limão?, mas deixa para decidir quando as amigas chegarem. Pede uma água e agora escuta sem querer a mulher que está falando sozinha na mesa ao lado da sua: seu trânsito aponta na direção de muitas mudanças, na vida como um todo, entende? Ano que vem tem essa influência vai estar muito forte, você já tá sentindo isso? Beatriz não pode deixar de ouvir, estão muito próximas, a mulher fala com alguém pela tela. Já tinha visto gente fazendo reuniões, aulas, mas era a primeira vez que presenciava uma consulta astrológica num lugar público, e um rápido olhar na tela aberta ao seu lado confirma que é isso mesmo – círculos, triângulos, graus e símbolos que a mulher traduz on-line, sendo interrompida vez ou outra por alguém que aparece no canto da tela. Essa fase ruim tá acabando, tem aspectos muito positivos a partir de abril, são aspectos da progressão que você vai sentir com mais intensidade a partir de junho, final de junho, mas também tem um aspecto, eu não diria negativo, mas que você tem que ficar atenta, Marte tá a 6 graus e Quíron a 12 graus, é um trânsito de Urano em oposição a Netuno na casa 9, e Beatriz vira o rosto, incomodada com a mulher que continua falando à vontade, como se estivesse em seu escritório. Pensa em mudar de mesa, mas agora o café está lotado; chama a garçonete: vou lá dentro um minuto e já volto, tô esperando duas pessoas, se elas chegarem, você avisa? Entra de novo na livraria, sobe a escadinha que leva ao mezanino, dá um giro pelas prateleiras, precisa de ajuda para achar o que está procurando: previsões para o ano que vem, você tem um desses horóscopos? O vendedor vai até a mesa central e volta com dois livros na mão, acabaram de chegar, diz, o horóscopo chinês ainda não apareceu, é o mais procurado. Ah, obrigada, isso aqui já tá ótimo. Ali mesmo, em pé, abre um dos livros e procura no sumário, Peixes, o último da lista, página 383, previsão anual para os nascidos entre 19 de fevereiro e 20 de março. Podia acontecer, ela já sabia, Beth estava na torcida: que presente lindo ele nascer no mesmo dia! Não tinha pensado nisso, mas ainda que não fosse na data do seu aniversário, teriam o mesmo signo, quarenta semanas entre 16 e 18 de março, por aí, disse a médica.

Olha o desenho no alto da página, passa o dedo pelas linhas entrelaçadas no zodíaco, vai contornando a forma alongada da constelação de um céu imaginário como se pudesse tocar o futuro – ela e o filho no céu de Peixes.

Quando volta ao café, ouve o toque abafado do WhatsApp dentro do bolso do vestido. Glória ou Paula avisando que está atrasada, imagina. Mas não é delas a mensagem que aparece na tela: pode falar? Deixa o celular em cima da mesa, bebe um gole de água, se dá um minuto para decidir. A astróloga continua lá, e Beatriz percebe que a mulher está olhando para ela. Sem virar o rosto, consegue ver o computador fechado, a xícara de café suspensa no ar, sente que a outra está esperando que ela diga alguma coisa já que pouco antes parecia tão interessada na consulta. Mas Beatriz pega o celular como se precisasse ver alguma coisa urgente, e vê de novo: pode falar? Alice pedindo permissão pra ligar, quem diria, e não: não posso agora, digita rápido, envia e se arrepende na mesma hora, burra!, resmunga baixinho, jogando o aparelho na bolsa sem ouvir o áudio que acaba de chegar.

Olha só você redondinha, uau! Ela se surpreende com a voz de Paula, não acredito, você chegou antes da Glória? Levanta para abraçar a amiga, o livro do horóscopo ainda aberto em cima da mesa. Deixa eu ver esse barrigão!, e ainda estão em pé quando Glória empurra a porta de vidro que liga a livraria ao pátio, mais abraços e presentes já saindo da sacola de uma e da bolsa da outra, gente, o que é isso?, eu não trouxe presente nenhum, Natal, poxa, nem pensei... Nada a ver, Bia, o presente é pro bebê, diz Paula, vai, abre logo, o meu primeiro. Beatriz desfaz um laço de fita azul; dentro da caixa grande um carrossel em miniatura com pôneis coloridos e um aparelho branco, uma caixinha de música?, pergunta, segurando o móbile no ar, os olhos acompanhando o movimento delicado dos brinquedos. É só fixar essa geringonça no suporte do berço e apertar o botão, explica Paula, vinte minutos de Bach para embalar o sono dele e garantir o seu. Ah!, também trouxe um livro, a Glória já te deu?, e antes que ela responda, Glória coloca seu presente na frente de Beatriz, aquele livro não vale, virou trabalho, esses aqui são só pra ele. Abre o pacote e descobre um galo, a vaquinha e um pato estampados nas capas macias de pequenos livros de pano – ah, uma coleção! A primeira, espero, ou alguém já deu isso também? Paula entra no meio da conversa das duas, cutuca Glória: desde quando você ficou competitiva desse jeito? Dão risada, pedem cafés, e Paula começa a contar da viagem. Beatriz relaxa, o mal-entendido do velório está muito longe dali. Amei conhecer a Cidade do México, e a casa da Frida Kahlo foi uma viagem dentro da viagem. Falam de trabalho, alfinetam a tradução que uma conhecida tinha acabado de publicar, pedem doces, e Glória conta que tinha ido visitar uma amiga na maternidade, ela deu à luz na banheira, mas foi no hospital, com médicos por perto, disse que a água ajudou a relaxar e foi tudo ótimo, mas acho que eu não teria coragem, e você? Beatriz não sabe, não pensei nisso, diz, só quero que dê certo, parto normal, a médica acha que não tem por que não ser, e então mostra o livro, olha só o que o meu horóscopo diz: "os caminhos de maior realização este ano serão filhos e criatividade". Paula pede para olhar e procura pelo seu signo, "você estará mais sagitariano do que nunca", será que isso é bom?, e depois é Glória quem lê fazendo careta, já não gostei da primeira frase, "librianos terão um ano complicado e muito agitado", nem quero ver o resto, e acabo de decidir que só o da Beatriz vai dar certo.

Vai dar certo, repete para si mesma.

o seu pai era médico
ele gostava de pipoca doce
e de música
(mas só gostava de ouvir, ele não sabia dançar)
o seu pai fazia caretas engraçadas
às vezes
eu ria, mas às vezes eu tinha medo da careta que seu pai fazia
(ele era bonito e nessa hora ficava feio)
o seu pai não gostava de Facebook
o seu pai usava relógio
o seu pai não tomava leite
ele adorava guaraná
o seu pai jogava tênis e não entendia nada de futebol
o seu pai gostava de viajar (ele foi pra muitos países)
o seu pai era teimoso
às vezes o seu pai roncava
o seu pai era muito alto
ele gostava de nadar no mar
o seu pai era brasileiro
a mãe dele sua avó era alemã
o pai dele seu avô era brasileiro
(eu não sei muito dos pais do seu pai porque eles já tinham morrido quando eu conheci o seu pai)
sei que eles eram bem mais velhos que a minha mãe sua avó, e que eles moraram na Alemanha muitos anos, seu avô foi estudar lá, depois começou a trabalhar numa fábrica de carros e (o seu pai gostava muito de carros!)
foi lá que o seu avô conheceu a sua avó e casou com ela, mas ela só ficou grávida do seu pai
quando eles vieram pro Brasil
o seu pai não tinha irmão nem irmã
eu não sei se ele achava chato não ter irmãos

eu nunca perguntei

não sei como o seu pai seria sendo seu pai

não sei o que vou dizer
quando você perguntar
do seu pai.

28ª semana

Já combinei tudo com a Beth, o jantar de Natal vai ser aqui em casa, e o almoço do dia 25 na casa dela. Parece uma intimação, pensa Beatriz, irritada com o tom mandão de Alice. Adiantou pra que mesmo aquela choradeira toda? Devia mandar de volta pra ela se escutar, e balança a cabeça, tinha amolecido ouvindo a gravação de antes, Bia, me desculpa, você tem toda razão, eu sou uma pentelha, não quero me meter na sua vida, juro, nunca mais, juro, você é minha amiga da vida toda, a gente tem muita intimidade, daí eu exagero, eu sei, tenho que mudar esse meu jeito, não é só com você, com todo mundo que eu amo muito, me desculpa, liga pra mim, liga logo! Alice chorou quando se falaram, três dias depois, tudo bem, para com esse drama, mas pensa um pouco antes de encher meu saco com bobagem, disse, e se admira pensando que tinha conseguido ser áspera e carinhosa ao mesmo tempo. Mas agora de novo, ela não consegue. Custa perguntar se eu quero passar o Natal lá? Nem vou responder.

Está na sala de espera da obstetra, impaciente; chegou na hora marcada, mas ela sempre atrasa, e hoje tá pior ainda, a recepcionista foi avisando logo que Beatriz entrou no consultório. Parecia tudo certo no último ultrassom, mas ainda não tinha conversado com a médica sobre a viagem nem contado para o pai que já tinha comprado as passagens.

Venís entonces? Cuándo? Qué es lo que todavia tenés que hacer por ahí, Beíta?

Só Nestor a chamava assim, Bea, Beíta, olhando para a filha de trinta e cinco como olhava para a menina de quatro, a jovem de dezesseis, com o afeto que atravessa o tempo sem envelhecer no olhar, numa intimidade amorosa que incomodava Cristiano. Beíta?... Soa meio infantil, não acha não?, dizia, imitando o sotaque de Nestor com deboche. Beatriz não escondia o mal-estar quando ele agia assim: você tem ciúmes do meu pai? Que ideia mais idiota. Idiota é essa sua implicância, qual é o problema, então? Você não gosta dele, é isso? Não tenho nada contra o Nestor, de onde você tirou essa bobagem? Cristiano desconversava, Beatriz se ressentia, e Nestor talvez não notasse a rispidez que o genro não disfarçava ou, quem sabe, preferisse fingir que não percebia, e o acolhia com generosidade quando, vez ou outra, ele ia com Beatriz para San Isidro. Os dois acabavam se vendo pouco e conversando trivialidades quando se encontravam nas semanas que Nestor passava em São Paulo, a cada três, quatro meses.

Beatriz está ansiosa, e se ela disser que é melhor não viajar? Olha para o relógio pendurado na parede atrás da mesa da atendente, paciência, pensa, mas não vou em nenhuma ceia, não mesmo. Abre uma das revistas jogadas na mesinha de centro, famosos esquiando em Aspen, uma noiva desconhecida posando na porta da igreja, a atriz da novela, maquiadíssima, com o marido e os filhos, todos de capacete e colete salva-vidas num bote inflável, bocas abertas, sobrancelhas e remos erguidos na foto imensa debaixo do título: rafting em família. Olha a felicidade a cores pensando em Alice, João Pedro, a mãe, Carlos, quem mais estava lá no ano passado? Todos em volta da mesma mesa.

Imagina o esforço que teriam que fazer agora fingindo que não tinha acontecido nada, todos falando ao mesmo tempo para não dar chance ao silêncio, e João Pedro contaria piadas, ou uma história divertida, vocês não imaginam o que aconteceu comigo ontem, qualquer coisa que fizesse todo mundo rir, ou quem sabe Alice, claro, Alice, ela sempre tem novidade, uma fofoca, o vexame de algum conhecido, dicas da última ou da próxima viagem, e também falariam da gravidez, todo mundo olhando pra minha barriga, pensa, e se pergunta como, como conseguiriam fazer de conta que Cristiano não estava lá.

Fecha a revista, pousa a mão direita sobre a capa, passa os dedos da mão esquerda, de leve, sobre a pedra azul encaixada num fio de ouro branco, o anel que ela usa desde dezembro passado. Quase um ano, e a boca dele ali, colada no ouvido dela: procurei uma água-marinha da cor dos seus olhos, só não tem o mesmo brilho. Beatriz volta àquela noite, o anel debaixo do guardanapo, a surpresa de Cristiano – olha só onde papai noel deixou o seu presente! Aperta os olhos com força, como se o gesto fosse capaz de esmigalhar a imagem, mas a memória se impõe, dura, entre as mãos tensas, a esquerda sobre a direita cobrindo o anel, o aro enterrado na carne, cinco dedos apertando a pedra como se fosse possível desmanchar a água-marinha, a presença de Cristiano, tudo o que continua ali, e a contração avança, trava os pulsos, endurece os braços, a pele fina da palma da mão se fere com um arranhão sob a pressão que aumenta e aumenta e Beatriz aperta com mais força ainda, a superfície rígida da pedra machuca, mas a lembrança continua lá, viva no sangue que aparece num pequeno corte, o vermelho da carne no azul da pedra, e então ela cede, vencida. Uma dor não apaga a outra.

O interfone toca, a atendente faz um sinal e Beatriz se levanta. Preciso passar no banheiro antes, diz, com as mãos ainda grudadas. Lava o machucado e o anel, coloca um pedacinho de papel higiênico sobre o corte, agora um risco quase invisível que pulsa quando ela agarra a alça da bolsa e entra no consultório.

São só três horas de viagem, você tá ótima, vai tranquila. A médica aconselha Beatriz a garantir um lugar no corredor, não tá fazendo xixi o tempo todo?, e escreve um atestado, a barriga vai estar grande na volta, tem companhias que exigem isso pra embarcar, diz, colocando o papel dentro de um envelope. Me chama pelo WhatsApp se tiver contrações ou se precisar de alguma coisa. A mulher do meu pai é argentina, acho que algum médico dela pode me ajudar numa emergência. Perfeito, então a gente se vê em janeiro.

Mesmo sabendo que o celular do pai deve estar desligado, escreve, ansiosa demais para esperar pela ligação dele no final da tarde: chego no dia 20. Sai do consultório pensando nos presentes que quer levar, livros para o pai, um vestido ou uma bolsa para Martina, quem sabe um presente para ela mesma, os pés inchados não estavam mais cabendo nas sandálias. Não gosta de shoppings, mas hoje não vê alternativa, está quente demais, qualquer lugar é melhor do que a rua, pensa, sentindo o calor de fora e o de dentro, os picos de estrogênio a todo momento fazendo Beatriz ferver. Toma coragem para enfrentar a fila na rampa do estacionamento, mas, quando sai do elevador e respira o ar gelado, seu humor melhora, e se deixa levar pelo desejo de comer alguma coisa diferente; circula pela praça de alimentação olhando os restaurantes com gula, árabe não, japonês?... ai que vontade, mas não pode... hambúrguer não, pizza nem pensar... empanadas? Pede duas de queijo e come com gosto, imaginando que Nestor diria que aquilo é um primo distante do quitute argentino. Depois passeia pelos corredores cheios de gente, olha as vitrines vestidas de Natal, passa um bom tempo dentro da livraria até se decidir por Fernando Pessoa e Szymborska, será que ele já tem esse?, se pergunta, com a poesia de Adélia Prado na mão, uma edição especial, é isso, decide, e antes mesmo de comprar, escreve uma dedicatória: o poema da página 34 é seu, papá querido, minha casa ensolarada, a sua luz constantemente me amanhecendo. Minutos depois entra numa loja de departamentos, escolhe uma bolsa de palha e uma saída de praia para Martina. Com as duas peças em uma mão, a sacola com os livros e a bolsa na outra, procura o caixa mais próximo e entra no fim da fila. Você pode pegar aquela ali, diz a garota que está na sua frente, apontando a fila bem menor do caixa preferencial. Beatriz leva um instante para entender, o olhar largo da garota pousando na sua barriga, e só então sorri, agradece e vai. De novo é a última, mas a fila anda rápido, as duas mulheres na sua frente já estão pegando seus pacotes, débito ou crédito?, a moça do caixa pergunta, olhando por cima dela, pode ser débito, diz, apressada pela rapidez da moça. Quando se vira, não vê ninguém. Mas, de um modo que não sabe explicar, talvez pela primeira vez nos últimos meses, não se sente só.

Sai da loja carregando tudo com um esforço enorme. As pernas pesam e os olhos procuram um lugar para sentar, mas o shopping está lotado, crianças e adultos se espremem nos bancos de madeira espalhados pelos corredores. Agora tem ainda mais gente circulando por todo canto, aguardando a vez de descansar nas escadas rolantes, fazendo fila para tomar um café. Olha em volta, meio atordoada, melhor ir pra casa, pensa, mas continua no mesmo lugar, sem energia para procurar um elevador e, depois, andar até seu carro, estacionado na ala oposta, três pisos abaixo. Sente sede, muda de ideia, sai andando na direção do café para comprar uma água, mas, quando passa por uma confeitaria, para, olha com súbita gula para a vitrine de doces, entra, aproxima o rosto do vidro, o mil folhas tem creme de baunilha?, e antes que a garota responda, ela pergunta da torta holandesa, depois quer saber dos recheios das carolinas, ela, que nunca come doces, agora quer todas aquelas tortas e, quando sente a boca salivar, lembra da sede. Tem sorvete? Pede pistache, limão-siciliano e chocolate, o pote grande, pode ser? Apoia o corpo num banco alto, estica as pernas, devora as três bolas coloridas e, quando termina, ainda deseja uma casquinha de framboesa. O que será que me deu? Toma água, paga e sai de lá se estranhando – como não fiquei enjoada com tanto açúcar? Sente o corpo acordado, leve, um corpo guloso que ela não reconhece. No elevador, olha para os pés inchados e só então lembra da sandália, paciência, fiquei sem presente, terceiro subsolo, diz para a ascensorista, pensando no único presente de Natal que quer ganhar – o colo do pai.

he nacido tanto
y doblemente sufrido

en la memoria de aqui y de allá
(Alejandra Pizarnik)

tenho nascido tanto
e duplamente sofrido
na memória daqui e de lá

tenho medo de me trair estrangeira
me aproprio das palavras da poeta
eu dupla   dividida
leio o que me traduz

29ª semana

Na grande casa térrea de San Isidro, todos os espaços se abrem para o gramado, a piscina no fundo, no canto esquerdo, e junto ao muro, à direita, o imenso carvalho-roble, altíssimo, que já existia muito antes da família de Martina construir naquele terreno. Beatriz se sente bem ali, a casa para onde o pai levou parte de sua infância – a parede dos relógios e o quartinho de ferramentas, que agora estão lá, objetos que a transportavam para o sobrado paulistano onde tinha nascido e passado a adolescência. Quando se mudou de vez para Buenos Aires, Nestor deixou quase tudo para trás, mas a paixão pela marcenaria e a coleção de cucos foram com ele. Beatriz cresceu com a sinfonia das horas marcadas pelos pequenos pássaros que saíam de seus ninhos de madeira entalhada, os mais antigos – e valiosos, como descobriria muito tempo depois –, ornamentados com flores, folhas, esculturas de cachos de uva esculpidas artesanalmente. Cada vez que visitava o pai, voltava no tempo, embalada pelas músicas de sua meninice, a orquestra sincronizada dos cucos e a vibrante percussão de martelos, com solos elétricos de furadeiras e notas metálicas da serra em arco cortando a madeira saindo do quartinho atrás do quintal. Agora instalada na garagem, a oficina do pai é bem maior, mas, para ela, parece a mesma em que passava os sábados, brincando com as miniaturas que ele fazia, a mesinha com bancos de sentar, a cama da boneca e até uma penteadeira com um pequeno espelho encaixado mobiliando a casinha aberta, com divisões entre os quartos, a sala e a cozinha. Ficavam compenetrados durante horas, os dois, ele lixando, furando, serrando, e ela, a uma distância segura de farpas e pregos, mergulhada no seu faz de conta.

Da piscina, com o corpo dentro d'água, queixo apoiado sobre os braços cruzados na borda, Beatriz escuta os sons conhecidos vindos da garagem, um piano ao fundo, que presume ser Bach, abafado pelo ruído de um motor em ação. Mergulha mais uma vez antes de sair, pega uma toalha e atravessa o jardim enquanto se enxuga. Quando se aproxima da porta da oficina, para um instante e fica olhando o pai, concentrado, medindo alguma coisa com uma trena. Ele não interrompe o que está fazendo quando Beatriz entra e começa a mexer nos instrumentos das prateleiras. É incrível, tão igual à sua velha oficina! As ferramentas, esse painel, todas as réguas e esquadros arrumadinhos, ah, olha aqui, as Philips! Lembra como eu achava engraçado a chave de fenda ter nome de lâmpada? Ainda são aquelas que você não deixava ninguém mexer? Tudo pendurado tão certinho, eu queria conseguir organizar minhas estantes desse jeito. Só então Nestor larga a trena, afasta os óculos de proteção que tinha deixado na bancada e faz um gesto para que Beatriz se aproxime; sobre a prancheta, duas barras de madeira clara, entre elas oito, talvez dez grades verticais, não muito largas e bem próximas entre si. Antes que ela perceba do que se trata, ele explica que o pau-marfim pode ser clareado ou laqueado de blanco, si preferís, Beíta, estoy haciendo una cuna, um bercito de balanço, te gusta la idea? Para los primeros meses, después elegís un modelo y te hago una mayor, convencional, con los pies fijos. Esta era la sorpresa! Beatriz emudece, os olhos aprisionados entre as grades, não sabe o que dizer, Bea, todo bien? Contorce os lábios, não é um sorriso, mas ela se esforça porque o pai está feliz e a abraça até que ela finalmente consegue dizer: branco, acho que branco é melhor, e virando o corpo, desvia o olhar, num gesto que a livra das grades, é só no que pensa, uma palavra-senha para abrir a porta de outro assunto, e isso, pai, o que é?, pergunta, alisando a manivela de uma grande faca suspensa no ar. Ah, es una novedad! La compré hace poco, es mi pequeña guillotina para cortar chapas de metal y de plástico, una joya, no? Guilhotina... Acho que não ouvia essa palavra há séculos, diz por dizer, e sai da garagem se recriminando, podia ter falado, que lindo, papá, qualquer coisa, ele tá trabalhando com tanto carinho. Mas mal conseguiu olhar, se imaginar com um berço, ninando um bebê no berço, seu bebê naquele berço.

30ª semana

Enquanto Martina separa pratos e talheres na copa, Beatriz está no jardim cortando os caules das flores que tinha escolhido para montar três pequenos arranjos. Dentro de copos largos, monta uma cama de pedregulhos, coloca um dedo de água e ali espeta uma gérbera amarela e duas rosas brancas em cada um deles. Põe os vasinhos na mesa entre dois castiçais improvisados com velas pequenas flutuando dentro de taças de vinho.

Ainda não anoiteceu, os convidados do pai vão chegar mais tarde, mas Beatriz risca um fósforo, acende uma das velas, repara nos efeitos da luz amarelando o cristal. Se deixa capturar pelo movimento da chama instável tremulando sobre a água; não sente mas adivinha a brisa que curva a chama, e observa o fio de luz que se estica buscando ar para se manter viva. Então, num impulso, com um pressentimento da tristeza, sopra forte e apaga a vela. Fecha os olhos, deixa que o ar escape pela boca, entrecortado de angústia, e então sente um tremor na barriga, e o movimento do bebê repercute em ondas de um mar elétrico, espraiando faíscas líquidas por todo o corpo. Uma fisgada na virilha, os músculos repuxam, Beatriz se contorce: tenta esticar a perna, mas a câimbra é mais rápida, se multiplica em espasmos, queima, paralisa e ela se abandona à dor que de tão intensa já não parece real. Um torpor e de repente, nada, só a ideia da dor – Beatriz olha para a perna como se não fosse seu o corpo que está doendo, se assusta, esfrega a panturrilha com força, uma necessidade que lhe parece absurda, a urgência de se certificar de que ainda tem um corpo, mas o gesto só aumenta a aflição; com assombro pensa que talvez não seja mesmo o seu corpo, mas outro, que agora pulsa dentro dela, junto com ela na mesma dor; se espanta com a sensação de não ser ela sustentando esse corpo, mas sendo sustentada por ele, e chora, entregue ao que não consegue nomear, a certeza inexplicável de um outro corpo dando à luz o seu.

Tenta se acalmar, apoia as mãos na borda da mesa, alonga a perna, flexiona o pé. Todo bien, Beíta?, a voz do pai voa pelo jardim e se aproxima, ela abaixa os olhos vermelhos, foi só uma câimbra muito forte, já tá passando. Nestor se abaixa, massageia a perna da filha, no es mejor hablar con un médico, Bea? Olhando para o pai daquele ângulo, a cabeça que a calvície revelou ligeiramente pontuda, tem vontade de dizer: gosto tanto tanto tanto de você. Mas não consegue, a frase para na garganta, o nó que ainda está lá. É de outro lugar que nascem as palavras que se ouve dizendo: não se preocupe, tô bem.

Nestor volta para a cozinha, Beatriz continua lá fora, as pernas esticadas sobre outra cadeira, o céu adormecendo em silêncio. Da casa iluminada, chegam ruídos de liquidificador, acordes do violão de Jorge Drexler, nada es más simple, nada se pierde, todo se transforma, um copo que se quebra, o pai soltando um palavrão, a gargalhada de Martina. Ainda é ele e ao mesmo tempo parece outro, pensa. Desde o primeiro dia, quando Nestor apresentou a noiva argentina, ansioso pelo olhar da filha, viu seu pai sendo outro, ao lado daquela morena de cabelos longos (longos demais, Beatriz achou), matemática e professora com ar de estudante dentro do jeans colado no corpo, uns bons centímetros mais alta que Nestor, mesmo com as sapatilhas sem salto. O pai desabrochava, como se tivesse encontrado terra fértil para florescer. No começo, teve ciúmes, odiou a mulher que estava levando seu pai para longe; mas ele nunca se afastou de Beatriz, e, pouco a pouco, ela foi se aproximando de Martina; descobriu sua doçura, o talento de organizar a vida com fórmulas simples, o menos que sempre virava mais nas coisas importantes, seu jeito de não dizer não mesmo quando o sim parecia difícil. Cada uno da lo que recibe, Nestor canta, ignorando o tom de Drexler, y luego recibe lo que da, Martina bate palmas, nada es más simple, no hay otra norma, e desafinam juntos, nada se pierde, todo se transforma – vení, Bea!, o pai chama, Beatriz se levanta. Mas, antes, olha para a mesa, procura a caixa de fósforos e reacende a vela.

Mercedes, a irmã de Martina, o marido, e mais dois casais viriam para a ceia, a Nochebuena ao ar livre em volta da mesa de mogno do jardim, tudo preparado para a noite de Natal estrelada pelos talentos de Nestor na grelha. De nada valeram os apelos de Martina, corazón, asado ya comemos todo el año!, ele não abriu mão do churrasco, e só depois de muita discussão chegaram a um cardápio pacificador com carnes, empanadas, ensalada rusa e a especialidade de Mercedes, lengua a la vinagreta.

Horas antes, tinha falado com a mãe e com Alice. Nas duas, a mesma preocupação mal disfarçada, um excesso de cuidado na escolha das palavras, a contenção nas perguntas, o embaraço dos silêncios que se seguiram quando Beatriz desejou um Natal feliz. Alice respondeu com um pra você também que soou exagerado, e Beth chorou, vai ficar tudo bem, filha. Beatriz ficou aliviada por não estar lá.

Quando terminam de arrumar a mesa, Martina e Beatriz voltam para a cozinha para finalizar as saladas, mas Nestor se mete no meio das duas, chicas, atención! un brindis especial, nosotros tres, antes que la turma llegue. Bea, podés tomar un poquito, no? A rolha salta da garrafa com um estampido, desenha um breve voo e cai, deslizando em cima da barriga de Beatriz. Cómo adivinó? Es justamente el motivo del brindis!, festeja Nestor, inclinando as taças para servir o champanhe, e então ergue a sua, pigarreia e diz, solene: a mi nieto y a la felicidad que siempre renace! Martina e Nestor aproximam suas taças da barriga de Beatriz. Ela imita o gesto e se deixa abraçar pelos dois, o contato dos corpos que também brindam transborda afeto, e Beatriz bebe, engasga, está comovida, quer chorar mas acaba rindo quando o pai a obriga a sentar, você trabalhou demasiado hoy! Ela olha para eles, juntos, organizando as saladeiras na bancada, o carinho flutuando num pedaço de queijo que a mão dele coloca na boca dela, a intimidade dos corpos no movimento dos quadris de Martina tirando Nestor da frente dos aperitivos, querés uno, Beíta?, o pai pergunta, oferecendo o damasco roubado, que ela recusa com a mão na frente da boca. Ocupados, não percebem Beatriz olhando fixamente para o anel – a cor dos seus olhos, só não tem o mesmo brilho –, os dedos da mão esquerda tirando o anel da mão direita com dificuldade, a pedra que voa, devagar, até tocar a borda do cálice num brinde silencioso, o anel que ela não consegue recolocar no dedo inchado, e que deixa ali, ao lado do copo vazio.

32ª semana

Já não tem espaço para mais nada nos dois compartimentos da mala, e ainda falta guardar duas alpargatas, um par de sandálias, três livros e uma pilha considerável de pequenas peças, quase um enxoval completo que Martina tinha comprado nos últimos dias, lençóis com elástico, toalhas com capuz, macaquinhos, culotes e bodies de manga curta e comprida, es bueno tener un poco de todo, disse com seu acento carregado, explicando que a manta de linho era para os dias ainda quentes, e o xale de lã para as noites talvez já mais frescas no meio de março. Bea, solo vas a llevar tu bolsa, no máximo embarcamos una maleta, ok? O resto yo despacho, quedate tranquila, você só carrega mi nieto! Beatriz aceita a oferta do pai, está se sentindo pesada, grande, não só a barriga, agora espalhada. Tudo nela tinha se alargado nas últimas semanas, os quadris, as narinas, a ansiedade.

Beija o pai, te veo ya, ya! Voy a quedarme en tu casa, ok? Abraçam-se os três, você vem também, né? Martina responde que talvez não consiga ir com Nestor, a finales de febrero, seguro! Passa pelo portão de embarque, lá dentro vira mais uma vez antes de seguir, pensando na última coisa que o pai tinha perguntado: seguís escribiendo, hija?

meus cadernos de menina, poemas engessados em dois quartetos
e dois tercetos, flores-dores obedientes, rimas pobres com açúcar.
queria falar do amargo sem ter experimentado o drama.
as palavras ocas de gosto
(as palavras ainda não tinham crescido)
me leio pequena nos sonetos melosos, versos definitivos, vida e
morte em decassílabos.
você me pergunta, papá, e agora?
agora um diário
anotações de tradução
palavras inexatas
cadernos de silêncio

33ª semana

Sente o suor escorrer pelo rosto, a umidade da madrugada chuvosa grudando nos lençóis com um perfume abafado. Nos últimos dez dias, é a quarta vez que acorda em sobressalto, as mãos espalmadas na barriga endurecida. Deixa eu ficar aí com você, larga mão de ser cabeça dura, e se o bebê vier antes da hora? Beth queria se instalar na casa da filha, mas não, eu já disse que não precisa! A médica explicou, essas contrações são normais, é uma espécie de treinamento, o corpo tá se preparando pro trabalho de parto. Beatriz repetia o que tinha ouvido da médica, se sentir dor, aí, sim, a gente se preocupa. Mas a verdade é que fica em pânico quando acontece. Ainda assim não quer que a mãe durma lá e tenta se acalmar, respira pela boca, vira de lado, apoia o corpo sobre dois travesseiros, coloca outro entre as pernas. Fecha os olhos chamando o sono de volta, quer voltar para o sonho, o mesmo desde San Isidro, a sensação física da barriga enrijecendo e a voz de Cristiano, escuta, Bia, o coração do nosso menino, a voz que vem de um rosto que ela não consegue ver, escuta o coração, o peso da cabeça que se deixa apenas entrever de costas, mas que ela sabe, é Cristiano, enquanto sonha, ela sabe que é ele quem fala no sonho, o rosto apoiado na sua barriga, a voz que repete o nosso menino, escuta o nosso menino, e então desperta, como se as palavras a empurrassem para fora do sonho, para o escuro do quarto onde, de olhos abertos, busca o rosto de

Cristiano. Sua voz, tão clara na vigília, vai desaparecendo enquanto o dia avança; no meio da manhã, Beatriz já não tem certeza – era você?

Dorme mais duas horas e entra no chuveiro. Quer sair antes do almoço para comprar um presente para a mãe – tinha visto um brinco bonito, duas semiargolas em formato de luas crescentes que se encaixavam como um móbile –, mas de repente fica insegura, será que a orelha dela é furada? Não lembrava, nunca tinha prestado atenção, e sabia que, se perguntasse, a mãe ia perceber a intenção e dizer que não queria presente. No dia anterior, já tinha falado: só quero almoçar e passar a tarde com você, vamos às compras! Beatriz vinha se sentindo exausta, sonolenta no torpor de fevereiro. Eu morro de sono à tarde, não sei se aguento bater perna nesse calorão. Você dorme depois, amanhã vamos atrás do trocador, a cadeirinha pro carro, já tem banheira, aquele baldinho para os primeiros dias? Me diz tudo que ainda falta, vai ser presente da vovó. É muito engraçado ouvir você se chamando de vovó... Ué, mas é isso mesmo, eu vou ser avó e estou adorando! Aliás, a gente podia comprar um berço de verdade. Aquilo que seu pai fez mais parece um cestinho. Beatriz faz que não ouve. Antes, tinha até mentido para não atiçar os ciúmes da mãe: fui eu que comprei!, disse, enquanto Beth olhava com pouco-caso para as coisas que ela tinha trazido de Buenos Aires. Essa mantinha vagabunda? Claro que não foi você! E eu não sei? A mulher do seu pai não tem gosto mesmo.

Debaixo da água quente, Beatriz nota a barriga mais pontuda, o bebê já está quase de cabeça para baixo; e ela dobra a sua até o queixo encostar no peito, alonga o pescoço, deixa a água escorrer pelos ombros, costas, se curva o quanto pode para sentir a ducha massageando a lombar.

Percorre o contorno da barriga com os olhos, imagina o bebê dormindo com o polegar na boca, como no último ultrassom, ou só quieto e atento aos sons, os pingos do chuveiro ecoando lá dentro como uma chuva abafada por um telhado resistente. Lembra do sonho, da voz que se confunde com Cristiano e lhe pede que escute; mas é para o bebê que agora pergunta: o que você quer me dizer?

Mas você implicava tanto com esse restaurante, é lá mesmo que quer ir? Beatriz estranha quando a mãe sugere a cantina onde a família almoçava quando ela era pequena. Implicava mesmo, mas era com a mania do seu pai de almoçar lá todo santo domingo, metódico feito aqueles cucos dele, insuportáveis, coisa de velho chato, e olha que ele tinha quarenta e poucos naquela época, mas faz tanto tempo, me deu vontade de ir lá. Ontem lembrei de um aniversário seu, acho que foi no de oito anos, você quis cantar parabéns com sua sobremesa predileta, morangos com chantili, a velinha afundava no creme e apagava antes de você soprar, lembra disso? Beatriz entorta a boca, do morango com chantili, sim, acho que só comia isso. Mas não fala do que mais se lembra, a mãe sempre emburrada, reclamando do barulho, da fila de espera, do sal a mais e da salada a menos, e ela preparando comidinhas para o pai com as sobras de massa fresca que o garçom trazia, as mãos esbranquiçadas de farinha. Se você quer mesmo, eu topo, será que ainda servem aquele morango?, eu adorava aquele potão cheio de creme. Em fevereiro? Já não é tempo de morango, não deve ter não, mas com certeza eles ainda fazem aquele nhoque de ricota, você se lambuzava toda, você e seu pai, toda vez saíam de lá com molho de tomate na roupa.

Beth está na direção e Beatriz encaixa o cinto de segurança debaixo da barriga, posso ir deitada?, brinca, e quando se vira vê uma caixa grande no banco de trás, aha! você já ganhou um presente, de quem? Esse é pra você. Pra mim? Mas hoje é o seu aniversário, ainda falta quase um mês pro meu. Pensando bem, não é pra você não, diz Beth, fazendo mistério. Entendi, agora é só o bebê quem ganha presente, mas obrigada mesmo assim, posso abrir? Não senhora, espera até a gente chegar lá, quero ver a sua cara quando descobrir o que é. Beth está olhando para a frente, não percebe a mudança no rosto da filha quando acaba de falar – quase as mesmas palavras de Cristiano, onze meses antes: não senhora, vai ter que esperar! A cena aparece viva no vidro do carro: a única coisa que você precisa saber é que vamos pra um lugar quente, coloca todos os seus biquínis numa malinha e mais não digo. Mas... mas a gente não ia...? A gente vai, e para de fazer essa cara franzida, é a minha surpresa pro seu aniversário. A mala dele estava pronta, escondida no quartinho da área de serviço, passagens compradas, hotel reservado. Só no aeroporto ela descobriu que estavam indo para Trancoso, a mesma praia onde tinham passado os primeiros dias depois da mudança para a casa nova. Beth continua falando, você nem imagina o que tem aí! Mas Beatriz está no aeroporto, naquele momento em que encontrou o anel embrulhado no guardanapo, e depois vestindo a lingerie que ele tinha escondido no meio da toalha dela: pode se enxugar, vem prontinha que eu tô aqui esperando, chama a voz do quarto da memória. Ela sempre achava aquelas performances todas meio clichês, disfarçava para que ele não se decepcionasse, e depois se deixava encantar ouvindo Cristiano falar dos preparativos, como tinha feito, quem tinha ajudado no quê, as artimanhas que tramava para despistar Beatriz cada vez que armava uma surpresa.

Uma onda de azia atravessa a garganta e ela vira o rosto, balança a cabeça concordando mesmo sem ter ouvido a pergunta de Beth. Escuta a si mesma, a raiva subindo com gosto azedo – até o fim, cheio de surpresas você –, as mãos crispadas no cinto de segurança – no controle, sempre no controle – Beatriz...? – tudo planejado, cada detalhe – Beatriz! você tá bem?, – dane-se o resto, foi isso que você pensou? eu, tudo o mais, você tava fodido, que se fodam todos, foi assim? – Filha? Beth desvia do trânsito, embica o carro na primeira vaga que encontra, breca forte, a calota arranha o meio-fio. Beatriz destrava o cinto e abre a porta ao mesmo tempo, acho que vou vomitar. Abaixa a cabeça e num minuto Beth está na calçada segurando os ombros da filha, tudo bem, já tá passando... Tem certeza? Vou ligar pra médica. Não precisa... Quer voltar pra casa? Não, não, só espera um pouco, vai passar, tô de estômago vazio. Ah, Beatriz, você não tomou café da manhã? tá tão pálida... É só enjoo, já tá passando. Isso tudo vai passar, né, mãe?

Beth entra de novo no carro, fecha a janela, diz, vou ligar o ar, aliás, já devia ter feito isso, com esse calor todo, e você, está melhor? Beatriz não responde. Pelo espelho retrovisor, olha tudo o que vai ficando para trás.

Já está menos pálida quando entram no restaurante ainda vazio. Escolhem uma mesa na primeira sala, encostada na janela que dá para a rua. Em pouco tempo, o ruído aumenta, as salas começam a se encher, hora do almoço dos escritórios que agora cercam o restaurante, por dentro quase idêntico ao daquela época em que não existiam tantos prédios em Pinheiros. Olha isso, são os mesmos cartazes, diz, apontando Sophia Loren e Mastroianni num filme antigo pregado na parede. Alcachofras recheadas com alcaparra ao alho e óleo, nossa, deu até água na boca, será que vai me dar azia depois? Ah, se deu vontade, come! Mastiga bem, come devagarzinho. Melhor não, vou de salada. Não! Come a alcachofra. Mas só de pensar na azia. Por hoje já deu, e foi forte. Salada, pronto. Ou uma massinha simples? Isso, pede uma salada e uma massa, Beatriz, come direito.

Antes, quando entrou no carro, olhou para a orelha da mãe, mas não conseguiu descobrir se tinha furo debaixo do brinco de pressão que ela estava usando. Posso ver esse brinco?, pergunta quando o garçom termina de anotar os pedidos. Isso aqui? É bijuteria, e bem fajuta, mas é vistoso, não? Bom, acho que esse aqui é uma joia, nada de mais, achei bonito, tomara que você goste. Beatriz tira a caixinha da bolsa, satisfeita depois de ver o furo até bem grande na orelha da mãe. Beth arregala os olhos. Suspende os brincos no ar, que lindo, nossa, muito muito... é lindo! Isso sim é surpresa. Pisca para despistar lágrimas inesperadas. Beatriz fica sem graça com a reação da mãe, abre a bolsa outra vez fingindo procurar alguma coisa lá dentro; tenta se lembrar, quando foi a última vez que dei um presente pra ela? Nosso regalo para mami. Sempre era o pai quem comprava, aniversários, dia das mães, natal, quando ela? Que bom que você gostou, e como não sabe o que dizer, muda de assunto: bom, já que tem presente pra mim, ou quase pra mim, posso abrir agora? A mãe larga os brincos na mesa e pega a caixa que tinha deixado na cadeira ao lado: tem bastante papel de seda aí dentro, guardei assim pra não amarelar. Beatriz tira a tampa, cheira, apalpa, parece macio, é molinho. Uma manta? Duvido que você adivinhe! Mas isso faz parte da brincadeira, vamos lá, continua tentando. Já sei! É aquela sua pashmina que eu sempre namorei, aha! Beth dá risada, aquela que eu trouxe da Índia? Eu nem sabia que você tinha ficado de olho naquilo. Pensando bem, tá meio gordo pra ser só um xale, e a curiosidade rasga o papel de seda, mas quando você quiser me dar o xale, eu aceit... Emudece. O que é isso? É o Leo, você não lembra dele? O Leo? Aquele Leo, é o mesmo? Claro que é, onde eu ia achar outro igualzinho? Tá tão novo, mas nossa, é ele! Você... você guardou isso esse tempo todo? Não guardo quase nada, você sabe que odeio tranqueira, mas do Leo eu nunca tive coragem de me desfazer. Acho que de todos os seus brinquedos, e olha que você tinha nem sei quantas bonecas e ursos e pelúcias lindas, só fiquei com o leãozinho. Lembra? Você arrastava pra todos os cantos, não sei como esse rabo aguentou. Dormia com ele, comia com ele, levava pra escolinha todo santo dia... Mandei reforçar as costuras, tinha uma moça ótima, pena que perdi o contato. Ela restaurava brinquedos, acho que a juba ficou até mais cheinha. Depois lavei e guardei. Sabia que um dia ele ia voltar pra você. Agora é do seu filho.

Poxa, eu... Eu adorei. Ele vai adorar... Os olhos no brinquedo, procurando palavras que somem. Quer dizer mais, acha que deveria, não consegue. Não ainda. Beth talvez perceba, e preenche o vazio que a filha deixa no ar com o que para ela também é novo, amei meu presente, diz enquanto coloca os brincos e levanta os cabelos fazendo pose. Beatriz aproveita a pergunta que chega com os pratos na mão do garçom, salada...? Pra mim, obrigada, e guarda o leãozinho da infância na caixa, evitando o rosto da mãe agora iluminado por duas luas crescentes.

35ª semana

anoiteceu e a lua cheia de verão aquece o mundo
sol branco na noite clara
nua
nado na piscina imensa meu corpo
leve vapor
desliza pela água
ondulam pernas cabelos braços se abrem feito asas
borboleta
voar deve ser assim (penso dentro do sonho)
não quero parar de sonhar
e mergulho
até o fundo da piscina
e do fundo vejo a lua enorme
dançando na superfície azul

aqui fora flutuo
aqui dentro você
flutua
e gira devagar
e lentamente
giro

peixes
no mesmo mar
eu sonho você
sonha meu sonho

38ª semana

Tudo correndo bem até aqui, diz a médica, verificando a pressão minutos depois de Beatriz entrar na sala, provavelmente na última consulta antes do parto – vamos lá examinar esse garoto?, e Beatriz levanta, tira a roupa, veste o avental e deita na mesa do consultório. Os pés pressionam os pedais de metal; tenta erguer o corpo se apoiando nos cotovelos, mas só consegue levantar a cabeça, a tensão do pescoço falando na voz: tudo bem aí embaixo? A médica demora um instante para dizer o que os dedos estão vendo: ele já está aqui, quase, quase encaixado, a partir de agora, pode ser a qualquer momento.

A cabeça de Beatriz escorrega pelo lençol branco, os olhos penduram no teto da sala e se agarram entre os tubos da luminária instalada no centro, bem em cima da mesa. Dali vê surgirem palavras, quase-aqui-ele-já-encaixado, entrecortadas pela luz branca, a-qualquer-momento-ele-aqui, e se entrega aos sons, quase-a-qualquer-momento-encaixado-quase, quase como se estivesse no mar, a-partir-de-agora-aqui, fica atenta, se a bolsa romper..., diz a médica encerrando o exame, e uma espuma quente borbulha na língua, a-qualquer-momento-ele, um estrondo de ondas em Beatriz, o corpo leve como se voasse, rindo como se pudesse, aqui-ele-a-qualquer-momento-já, você ainda não me disse o nome dele, disse?, e a pergunta da médica levanta águas gigantes, ondas se espraiam pela corrente sanguínea, transbordam por olhos salgados, você-ainda-não-disse-ele, e o corpo de Beatriz flutua (há quanto tempo a felicidade?), a voz úmida colando palavras, quaseencaixadoele, ela, no mar. Outro mar.

Agradecimentos

à Márcia Fortunato e ao Roberto Taddei,
por me ensinarem a ser professora, e por
tudo o que aprendi como aluna no curso de
Formação de Escritores do Instituto Vera Cruz.

à Lúcia Riff e à equipe da Agência Riff,
pelo entusiasmo, o apoio em todos os momentos.

à Rafaela Lamas e à Ana Elisa Ribeiro,
pela acolhida e pelo cuidado com esta edição.

à Vanessa Ferrari, pela leitura atenta que
encontrou o título na segunda linha do livro.

à Claudia Abeling, Isabela Noronha, Gabriela Aguerre,
Claudia Castanho, Malu Corrêa, Lívia Lakomy,
Ananda Rubinstein, Marina Lupinetti e Deborah Brum,
pela amizade e tudo o que compartilhamos
nos encontros no Senta&Escreve.

à Janette, a primeira leitora de tudo o que escrevo.

ao Caio, por ter vindo ao mundo.

ao Dudu, por estar sempre aqui.

Este livro foi composto com tipografia Adobe Garamond Pro e
impresso em papel Off-White 80 g/m² na Formato Artes Gráficas.